बिल्लेसुर बकरिहा

Paperback: 978-936205713-6
eBook: 978-936205907-9

Printed by:Manipal Technologies Limited, Manipal

Sanage Publishing House LLP
Mumbai, India

sanagepublishing@gmail.com

बिल्लेसुर बकरिहा

सूर्यकांत त्रिपाठी

'निराला'

SANAGE
PUBLISHING HOUSE

'बिल्लेसुर'- नाम का शुद्ध रूप बड़े पते से मालूम हुआ- 'बिल्वेश्वर' है। पुरवा डिवीजन में, जहाँ का नाम है, लोकमत बिल्लेसुर शब्द की ओर है। कारण, पुरवा में उक्त नाम के प्रतिष्ठित शिव हैं। अन्यत्र यह नाम न मिलेगा, इसलिए भाषा-तत्त्व की दृष्टि से गौरवपूर्ण है। 'बकरिहा' जहाँ का शब्द है, वहाँ, 'बोकरिहा' कहते हैं। वहाँ 'बकरी' को 'बोकरी' कहते हैं। मैंने इसका हिन्दुस्तानी रूप निकाला है। 'हा' का प्रयोग हनन के अर्थ में नहीं, पालन के अर्थ में है।

बिल्लेसुर जाति के ब्राह्मण, 'तरी' के सुकुल हैं, खेमेवाले के पुत्र खैयाम की तरह किसी बकरीवाले के पुत्र बकरिहा नहीं। लेकिन तरी के सुकुल को संसार पार करने की तरी नहीं मिली, तब बकरी पालने का कारोबार किया। गाँव वाले उक्त पदवी से अभिहित करने लगे।

हिन्दी-भाषा-साहित्य में रस का अकाल है, पर हिन्दी बोलने वालों में नहीं, उनके जीवन में रस की गंगा-जमुना बहती हैं; बीसवीं सदी-साहित्य की धारा उनके पुराने जीवन में मिलती है। उदाहरण के लिए अकेला बिल्लेसुर का घराना काफ़ी है। बिल्लेसुर चार भाई आधुनिक साहित्य के चारों चरण पूरे कर देते हैं।

बिल्लेसुर के पिता का नाम मुक्ताप्रसाद था; क्यों इतना शुद्ध नाम था, मालूम नहीं; उनके पिता पण्डित नहीं थे। मुक्ताप्रसाद के चार लड़के हुए- मन्नी, ललई, बिल्लेसुर, दुलारे। नाम उन्होंने स्वयं रखे, पर ये शुद्ध नाम हैं। उनके पुकारने के नाम गुणानुसार और-और हैं। मन्नी पैदा होकर साल भर के हुए, पिता ने बच्चे को गर्दन उठाए बैठा झपकता देखा तो 'गपुआ' कहकर पुकारना शुरू किया, आदर में 'गप्पू'। दूसरे लड़के ललई की गोराई रोयों में निखर आई थी, आँखें भी कंजलोचन, स्वभाव में बदले-बदले पिता ने नाम रखा 'भर्रा' आदर में 'भूरू'। बिल्लेसुर के नाम में ही गुण था; पिता 'बिलुआ' आदर में 'बिल्लू' कहने लगे। दुलारे अपना ईश्वर के यहाँ से खतना कराकर आए थे, पिता को नामकरण में आसानी हुई, 'कटुआ' कहकर पुकारने लगे, आदर में 'कट्टू'।

अभाग्यवश पुत्रों का विकास देखने से पहले मुक्ताप्रसाद संसार-बन्धन से मुक्त हो गए। उनकी पत्नी देख-रेख करती रहीं। पर वे भी, पीसकर, चौका टहल कर, कण्डे पाथकर, ढोर छोड़कर, रोटी पकाकर, छोटे-से बाग के आम-महुए बीनकर, लड़कों को किसानी के काम में लगाकर ईश्वर के यहाँ चली गईं। उनके न रहने पर चारों 'भाइयों की एक राय नहीं रही। विवाद काम में विघ्न पैदा करता है। फलतः चार भाइयों की दो टोलियाँ हुई। मन्नी और बिल्लेसुर एक तरफ़ हुए, ललई और दुलारे एक तरफ़, जैसे सनातनधर्मी और आर्यसमाजी। कुछ दिन इसी तरह चला। फिर इनमें भी शाखें फूटीं जैसे वैष्णव और शाक्त, वैदिक और वितण्डावादी। फिर सबकी अपनी डफली और अपना राग रहा।

सनातन धर्मानुसार मन्नी दुखी हुए कि तरी के सुकुल होने के कारण कोई लड़की नहीं ब्याह रहा। पर विवाह आवश्यक है, इस लोक के लिए भी और परलोक के लिए भी। माता-पिता गुज़र गए हैं, पानी तो उन्हें मिल जाता है, पर माताजी को बड़ियाँ नहीं मिलतीं। बिना गृहिणी के घर में भूत डेरा डालते हैं। विचार के अनुसार मन्नी बातचीत करते और जहाँ कहीं अनाथ की लड़की देखते थे, डोरे डालते थे। एक जगह लासा लग गया। कहना न होगा, ऐसे विवाह की बातचीत में अत्युक्ति ही प्रधान होती है, अर्थात् झूठ ही अधिक यानी एक पैसे की हैसियत एक लाख की बताई जाती है। मन्नी के विवाह में ऐसा ही हुआ। लड़की ने माँ का दूध छोड़ा ही था, माँ बेवा थी, कहा गया, रुपये दो-तीन सौ लेकर क्या करोगी जब कि लड़की को अभी दस साल पालना-पोसना है– वहीं चलकर रहो, घी-दूध खाओ और रानी की तरह रहकर लड़की की परवरिश करो। बात माँ के दिल में बैठ गई। मन्नी तब तीस साल के थे; पर चूँकि नाटे कद के थे, इसलिए अट्ठारह उन्नीस की उम्र बतलाई गई। मूछों की वैसी बला न थी। बात खप गई।

मन्नी के खेतों के पास एक झाड़ी है; कहते हैं, वहाँ देवता झाड़खण्डेश्वर रहते हैं। एक दिन शाम को मन्नी धूप-दीप, अक्षत-चन्दन, फूल-फल-जल लेकर गए और उकड़ूँ बैठकर उनकी पूजा करते न जाने क्या-क्या कहते रहे। फिर लौटकर प्रसाद पाकर लेटे और पहर रात रहते पुरवा की तरफ़ चल दिए। एक हफ्ते बाद, बैंगनी साफा बाँधे, एक बेवा और उसकी लड़की को लेकर लौटे। रास्ते में ज़मींदार का खलिहान लगा था, दिखाकर कहा– सब अपनी ही रबी है। सासुजी ने मुश्किल से आनन्दातिरेक को रोका। कुछ बड़े। गाँव के बागात देख पड़े। मन्नी ने हाथ उठाकर बताया-वहाँ से वहाँ तक सब अपनी ही बागें हैं। सासुजी को संदेह न रहा कि मन्नी मालदार आदमी है। घर टूटा था। भाइयों से जुदा होकर एक खण्डहर

में रहे थे; लेकिन वाग्देवी प्रचण्ड थीं, खण्डहर को भी खिला दिया। पहुँचने से पहले रास्ते में जमींदार की हवेली दिखाकर बोले– हमारा असली मकान यह है, लेकिन यहाँ भाई लोग हैं, आपको एकान्त में ले चलते हैं। वहाँ आराम रहेगा, यहाँ आपकी इज्जत न होगी, फिर उसी को हवेली बना लेंगे। सासु ने श्रद्धापूर्वक कहा– हाँ भैया, ठीक है, बाहरी आदमियों में रहना अच्छा नहीं। मन्नी खण्डहर में ले गए। इस दिन पसेरी-भर दूध ले आए। सासुजी लज्जित होकर बोलीं– ए, इतना दूध कौन पिएगा? मन्नी ने गंभीरता से उत्तर दिया– औटने पर थोड़ा रह जाएगा, तीन आदमी हैं, ज्यादा नहीं, फिर अभी कुछ दूध-चीनी शरबत के तौर पर पियेंगे। सासु ने आराम की साँस ली। मन्नी भंग छानते थे। ठाकुरद्वारे में एक गोला पीसकर तैयार किया और चुपचाप ले आए। दूध में शक्कर मिलाकर गोला घोल दिया। भंग में बादाम की मात्रा काफ़ी थी, सासुजी को अमृत का स्वाद आया, एक साँस में पी गईं। मन्नी ने थोड़ी-सी अपनी भावी पत्नी को पिलाई, फिर खुद पी। सासुजी हाथ-पैर धोकर बैठीं, मन्नी पूड़ी निकालने लगे। जब तक नशा चढ़े-चढ़े तब तक काम कर लिया। पूड़ी-तरकारी, दूध-शक्कर, मिठाई-खटाई बड़ी तत्परता से सासुजी को परोसा। सासुजी को मालूम दिया, मन्नी बड़ी तपस्या के फल मिले। खूब खाया। मन्नी ने पलंग बिछा दिया था, माँ-बेटी लेटीं। मन्नी भोजन करके ईश्वर स्मरण करने लगे। आधी रात को ज़ोर से गला झाड़ा, पर सासुजी बेखबर रहीं। फिर दरवाजे पर हाथ दे-दे मारा, पर उन्होंने करवट भी न ली। मन्नी समझ गए कि सुबह से पहले आँखें न खोलेंगी। बस, अपनी भावी पत्नी को गले लगाया और भगवान बुद्ध की तरह घर त्यागकर चल दिए। पत्नी गले लगी सोती रही। सुबह होते-होते मन्नी ने सात कोस का फ़ासला तय किया। जहाँ पहुँचे, वहाँ रिश्तेदारी थी। लोग सध गए। सासुजी ने सवेरे हल्ला मचाया। बात खुली। पर चिड़िया उड़ चुकी थी। वे रो-पीटकर शाप देती हुई कि तू मर जा- तेरी चारपाई गंगाजी जाए, घर चली गईं। मन्नी शुभ दिन देखकर चुपचाप विवाह कर पत्नी को साथ लेकर परदेश चले गए। पत्नी की दस-बारह साल सेवा की। अब धर्म की रक्षा करते हुए, उसे बीस साल की अकेली उसकी माँ की गोद में जैसे एक कन्या छोड़कर स्वर्ग सिधार गए हैं। मन्नी कट्टर सनातनधर्मी थे।

ललई का दूसरा हाल है। पहले ये भी कलकत्ता-बम्बई की खाक छानते फिरे, अन्त में रतलाम में आकर डेरा जमाया। यहाँ एक आदमी से दोस्ती हो गई। कहते हैं, ये गुजराती ब्राह्मण थे। ईश्वर की इच्छा, कुछ दिनों में दोस्त ने सदा के लिए आँखें मूँदी। लाचार, दोस्त के घर का कुल भार ललई ने उठाया। दोस्त का

एक परिवार था। पत्नी, दो बेटे, बड़े बेटे की स्त्री। इन सबसे ललई का वही रिश्ता हुआ जो इनके दोस्त का था। इस परिवार में कुछ माल भी था, इसलिए ललई ने परदेश रहने से देश रहना आवश्यक समझा। चूँकि अपने धर्म-कर्म में दृढ़ थे, इसलिए लोक-निन्दा और यशःकथा को एक-सा समझते थे। अस्तु इन सबको गाँव ले आए। एकसाथ पत्नी, दो-दो पुत्र और पुत्रवधू को देखकर लोग एकटक रह गए। इतना बड़ा चमत्कार उन्होंने कभी नहीं देखा था। कहीं सुना भी नहीं था। गाँव वालों की दृष्टि ललई पहले ही समझ चुके थे, जानते थे, जिस पर पड़ती है, उसका जल्द निस्तार नहीं होता, इसलिए निस्तार की आशा छोड़कर ही आए थे। गाँव वालों ने ललई का पान-पानी बन्द किया। ललई ने सोचा, एक खर्च बचा। गाँव वाले भी समझे, इसने बेवकूफ़ बनाया, माल ले आया है, जिसका कुछ भी खर्च न कराया गया। ललई निर्विकार चित्त से अपने रास्ते आते-जाते रहे। मौके की ताक में थे। इसी समय आन्दोलन चला। ललई देश के उद्धार में लगे। बड़ा लड़का गुजरात में कहीं नौकर था, ख़र्चा भेजता रहा। गाँव वाले प्रभाव में आ गए। ललई की लाली के आगे उनका असहयोग न टिका। अब मिलने की बातें कर रहे हैं। ललई राजनीतिक सुधारक सामाजिक आदमी है। बिल्लेसुर का हाल आगे लिखा जाएगा। इनमें बिल और ईश्वर दोनों के भाव साथ-साथ रहे।

दुलारे आर्यसमाजी थे। बस्तीदीन सुकुल पचास साल की उम्र में एक बेवा ले आए थे। लाने के साल ही भर में उनकी मृत्यु हो गई, दुलारे ने उस बेवा को समझाया, पति के रहते भी तीन साल या तीन महीने ख़बर न लेने पर पत्नी को दूसरा पति चुनने का अधिकार है। फिर जब बस्तीदीन नहीं रहे, तब तीसरे पति के निर्वाचन की उन्हें पूरी स्वतन्त्रता है और दुलारे उनकी सब तरह सेवा करने को तैयार हैं। स्त्री को एक अवलम्ब चाहिए। वह राजी हो गई। लेकिन दुलारे भी साल भर के अन्दर संसार छोड़कर परलोक सिधार गए। पत्नी को हमल रह गया था, बच्चा हुआ। अब वह नारद की तरह ललई के दरवाजे बैठा खेला करता है। माँ नहीं रही।

मन्नी मार्ग दिखा गए थे, बिल्लेसुर पीछे-पीछे चले। गाँव में सुना था, बंगाल का पैसा टिकता है, बम्बई का नहीं, इसलिए बंगाल की तरफ़ देखा। पास के गाँवों के कुछ लोग बर्दवान के महाराज के यहाँ थे, सिपाही, अर्दली, जमादार। बिल्लेसुर ने साँस रोककर निश्चय किया बर्दवान चलेंगे। लेकिन खर्च न था। पर प्रगतिशील को कौन रोकता है? यद्यपि उस समय बोल्शेविज्म का कुछ ही लोगों ने नाम सुना था, बिल्लेसुर को आज भी नहीं मालूम, फिर भी आइडिया अपने आप बिल्लेसुर के मस्तिष्क में आ गया। वे उसी फटेहाल कानपुर गए। बिना टिकट कटाए कलकत्तेवाली गाड़ी पर बैठ गए। इलाहाबाद पहुँचते-पहुँचते चेकर ने कान पकड़कर गाड़ी से उतार दिया। बिल्लेसुर हिन्दुस्तान की जलवायु के अनुसार सविनय कानून भंग कर रहे थे, कुछ बोले नहीं चुपचाप उतर आए, लेकिन सिद्धान्त नहीं छोड़ा। प्लेटफार्म पर चलते-फिरते समझते-बूझते रहे। जब पूरब जानेवाली दूसरी गाड़ी आई, बैठ गए। मुगलसराय तक फिर उतारे गए; लेकिन दो-तीन दिन में चढ़ते-उतरते, बर्दवान पहुँच गए।

पं. सत्तीदीन सुकुल महाराज बर्दवान के यहाँ जमादार थे। यद्यपि बंगालियों को 'सत्तीदीन' शब्द के उच्चारण में अड़चन थी वे 'सत्यदीन' या 'सतीदीन' कहते थे, फिर भी 'सत्तीदीन' की उन्नति में वे कोई बाधा नहीं पहुँचा सके। अपनी अपार मूर्खता के कारण सत्तीदीन महाराज के खजांची हो गए, आधे;आधे इसलिए कि ताली सत्तीदीन के पास रहती थी, खाता एक दूसरे बाबू लिखते थे। सत्तीदीन इसे अपने एकान्त विश्वासी होने का कारण समझते थे। दूसरे हिन्दोस्तानियों पर भी इस मर्यादा का प्रभाव पड़ा। बिल्लेसुर समझ-बूझकर इनकी शरण में गए। सत्तीदीन सस्त्रीक रहते थे। दो-तीन गायें पाल रखी थीं। स्त्री 'शिखरिदशना' थीं, यानी सामने के दो दाँत आवश्यकता से अधिक बड़े थे। होंठों से कोशिश करने पर भी न बन्द होते थे। पैकू के सुकुल। कनवजियापन में बिल्लेसुर से बहुत बड़े। फलतः बिल्लेसुर को यहाँ सब तरह अपनी रक्षा दिख पड़ी।

बिल्लेपुर सत्तीदीन के यहाँ रहने लगे। ऐसी हालत में गरीब की तहजीब जैसो, रथे पाँव, पेट खलाए, रीढ़ झुकाये, आँखें नीची किए आते-जाते रहे। उठते जोबन में सत्तीदीन की स्त्री को एक सुहलानेवाला मिला। दो-तीन दिन तक भोजन न खला। एक दिन औरतवाले कोठे जी गया। नक्की सुरों में बोली, "मैं कहती हूँ, बिल्लेसुर तुम तो आ ही गए हो और अभी हो ही, इस चरवाहे को विदा क्यों न कर दूँ, हराम का पैसा खाता है। कोई काम है? घास खड़ी है, दो बोझ काट लानी है; नहीं, पैर की बंधी मूठे हैं- यहाँ-वहाँ का जैसा धान का पैरा नहीं- बड़ा बड़ा कतर देना है और थोड़ी-सी सानी कर देनी है, देश में जैसे डण्डा लिये यहाँ ढोरों के पीछे नहीं पड़ा रहना पड़ता। लम्बी-लम्बी रस्सियों, तीन गायें हैं, घास खड़ी है, बस ले गए और खूँटा गाड़कर बाँध दिया, गायें चरती रहीं, शाम को बाबू की तरह टहलते हुए गए और ले आए, दूध दुह लिया रात को मच्छड़ लगते हैं, गीले पैरे का धुआँ दे दिया; कहने में तो देर भी लगी।" कहकर सत्तीदीन की स्त्री ने कनपटी घुमायी और दोनों होंठ सटाने शुरू किए।

बिल्लेसुर चौकन्ने। ढोर चराने के लिए समन्दर पार नहीं किया। यह काम गाँव में भी था। लेकिन परदेश है। अपना कोई नहीं। दूसरे के सहारे पार लगना है। सोचा तब तक कर लें; नौकरी न लगी तो घर का रास्ता नापेंगे।

बिल्लेसुर को जवाब देते देर हुई। सत्तीदीन की स्त्री ने कनपटी घुमायी कि बिल्लेसुर बोले, "कौन बड़ा काम है। काम के लिए ही तो आया हूँ सात सौ कोस-देस सात सौ कोस तो होगा?"

बिल्लेसुर के निश्चय पर जमकर सत्तीदीन की स्त्री ने कहा, "ज्यादा होगा"। कानपुर से बर्दवान की दूरी। सोचकर बोली, "जमादार आएंगे तो पूछूँगी, उनकी किताब में सब लिखा है।"

बिल्लेसुर खामोश रहे। मन में किस्मत को भला बुरा कहते रहे।

शाम को जमादार आए। भोजन तैयार था। स्त्री ने पैर धुला दिए। जमादार पाटे पर बैठे। स्त्री दिन को मक्खियाँ उड़ाती हैं, रात को सामने बैठी रहती हैं। जमादार भोजन करने लगे। स्त्री ने कहा, "जमादार, बिल्लेसुर कहते हैं, अपना देस यहाँ से सात सौ कोस है, मैं कहती हूँ और होगा। तुम्हारी किताब में तो सबकुछ लिखा है?"

सत्तीदीन को एक डायरी मिली थी। डायरी भी वही बाबू लिखता था। लिखने के विषय के अलावा और क्या-क्या उसमें लिखा है, सत्तीदीन उस बाबू से कभी-कभी पढ़ाकर समझते थे। सत्तीदीन ने सोचा, महाराज ने ऊँचा पद तो दिया ही है, संसार को भी उनकी मुट्ठी में बेर की तरह डाल दिया है। कई रोज वह किताब घर ले आए थे और वहाँ जो कुछ सुना था, जितना याद था, जबानी स्त्री को सुनाया था।

बायें हाथ से मूँछों पर ताव देते हुए मुँह का नेवाला निगलकर सत्तीदीन ने कहा, "सात सौ कोस इलाहाबाद तक पूरा हो जाता है।" उनकी स्त्री चमकती आँखों से बिल्लेसुर को देखने लगीं। बिल्लेसुर हार मानकर बोले, "जब किताब में लिखा है, तो यही ठीक होगा।"

पति को प्रसन्न देखकर पत्नी ने अर्जी पेश की जिस तरह पहले बड़े आदमियों का मिजाज परखा जाता था, फिर बात कही जाती थी। बिल्लेसुर गर्जमन्द की बावली निगाह से देखते रहे। सत्तीदीन ने उसमें एक सुधार की जगह निकाली कहा, "बिल्लेसुर अपने आदमी हैं इसमें शक नहीं, लेकिन इसमें भी शक नहीं कि उस छोकड़े से ज्यादा खायेंगे। हम तनख्वाह न देंगे। दोनों वक्त खा लें। तनख्वाह की जगह हम तहसील के जमादार से कह देंगे, वे इन्हें गुमाश्तों के नाम तहसील की चिट्ठियाँ देते रहें, ये चार-पाँच घण्टे में लगा आएंगे, इन्हें चार-पाँच रुपये महीने मिल जाया करेंगे, हमारा काम भी करते रहेंगे।"

सत्तीदीन की स्त्री ने किए उपकार की निगाह से बिल्लेसुर को देखा। बिल्लेसुर खुराक और चार-पाँच का महीना सोचकर अपने घनत्व को दबा रहे थे, इतने से आगे बहुत कुछ करेंगे। सोचते हुए उन्होंने सत्तीदीन की स्त्री से हामी की आँख मिलाई।

जमादार गंभीर भाव से उठकर हाथ-मुँह धोने लगे।

3

बिल्लेसुर जीवन-संग्राम में उतरे। पहले गायों के काम की बहुत-सी बातें न कही गई थीं, वे सामने आईं। गोबर उठाना, जगह साफ करना, मूत पर राख छोड़ना, कण्डे पाथना, कभी-कभी गायों को नहलाना आदि भीतरी बहुत-सी बातें थीं। दरअसल फुर्सत न मिलती थी। पर बिना चिट्ठी लगाये पूरा न पड़ता था। पास-पास की चिट्ठियाँ मिलती थीं, जैसा सत्तीदीन कह गए थे। एक चिट्ठी के तीन आने मिलते थे। कुछ दिनों में बिल्लेसुर को मालूम हुआ, दूर की चिट्ठी में दूना मिलता है। उन्होंने हाथ बढ़ाया। तहसील के जमादार ने कहा, न तुम नौकर हो, न किसी की एवज पर हो, फिर सत्तीदीन ने मना किया है, दूर की चिट्ठी हम न देंगे। बिल्लेसुर पैरों पड़े, कहा, नौकर तो आप ही करेंगे; तब तक दूरवाली चिट्ठी भी दें, मैं बारह कोस छः घण्टे में जाऊँगा आऊँगा। जमादार चिट्ठी देने लगे।

चिट्ठी लगाना सत्तीदीन की स्त्री को अखरता था। बिल्लेसुर लौटकर सदा चढ़ी त्योरियाँ देखते थे। गोकि काम में कसर न रहती थी। दस बजे तक कुल काम कर जाते थे। लौटकर गायों को खोल लाते थे और रात नौ बजे तक उनके पीछे लगे रहते थे। फिर भी सत्तीदीन की स्त्री की शिकन न मिटती थी। दूसरा नौकर भी न रखा, क्योंकि बिल्लेसुर सस्ते थे। बातें कभी-कभी सुनाती थीं, जो कानों को प्यारी न थीं और उनसे पेट की आँतें निकालने की होती थीं। बिल्लेसुर बर्दाश्त करते थे। गर्मी के दिनों में दस-बारह बजे तक घर का कुछ काम करते थे, फिर चिट्ठी लगाते हुए, देर हुई सोचकर धूप में नंगे सिर, बिना छाता, दौड़ते हुए रास्ता पार करते थे। लौटते थे, हाँफते हुए, मुँह का थूक सूखा हुआ, होंठ सिमटे हुए, पसीने-पसीने, दिल धड़कता हुआ, यहाँ का बाकी काम करने के लिए। पहुँचकर जमीन पर जरा बैठते थे कि सत्तीदीन की स्त्री पूछती थीं, कितना कमा लाए बिल्लेसुर? जबान छुरी-सी पैनी, मतलब हलाल करता हुआ। बिल्लेसुर उस गरमी में बनावटी नरमी लाते हुए, खीस निपोड़कर जवाब देते हुए, जरा सुस्ताकर गायों के पीछे तरह-तरह के काम में दौड़ते हुए।

उन दिनों कईयों से बिल्लेसुर कह चुके मर्द से औरत होना अच्छा। कोई नहीं समझा। बिल्लेसुर सूखे होंठों की हार खायी हँसी- हँसकर रह गए।

गाँव में भी बिल्लेसुर की बर्दाश्त करने की आदत पड़ी थी। कभी कुछ बोले नहीं। अपनी जिन्दगी की किताब पढ़ते गए। किसी भी वैज्ञानिक से बढ़कर नास्तिक।

बिल्लेसुर दूसरे का अविश्वास करते-करते एक खास शक्ल के बन गए थे। पर अपना बल न छोड़ा था, जैसे अकेले तैराक हों। सत्तीदीन की स्त्री को न मालूम होने दिया कि दूर की कौड़ी लाते हैं। बारह कोस की दौड़ छः कोस की रही। दुनिया को खुश करने की नस टोये पा चुके थे; दम साधे, दबाते हुए कई महीने खे गए। एक दिन जमादार को खुश देखकर बोले, "बाबा, अब नौकरी लगा देते!"

उन्होंने कहा, "अच्छा, कल नाप देना।"

बिल्लेसुर मन्नी के भाई थे, पाँच फीट से कुछ ही ऊपर। जानते थे, ऊँचाई घटेगी। तरकीब निकाली। चमरौधा जूता था, डेढ़ इंच से कुछ ज़्यादा ऊँचे तले का। उसमें रुई की गद्दी लगायी।

पहनकर खड़े हुए तो जैसे ईंटों पर खड़े हों। लेकिन झेंपे नहीं, न डरे, जैसे फ़र्ज अदा कर रहे हों, गए। कचहरी में लट्ठ लाकर लगाया गया। बिल्लेसुर ने आँख उठायी कि देखें, पूरे हो गए। नापनेवाले ने कहा, डेढ़ इंच घटा।

बिल्लेसुर ने जमादार को उड़ी निगाह से देखा। साथ आरजू-मिन्नत । जमादार मुस्कराए। कहा, "बिल्लेसुर, तुम नौकर नहीं हो सकते, लेकिन कोई-न-कोई सिपाही छुट्टी पर रहता है, जगह तुम्हें मिलती रहेगी, बिना तनख्वाह की छुट्टीवाले की तनख्वाह भी।"

बिल्लेसुर तरक्क़ी की सोचकर मुस्कराए।

एक साल बीत गया।

सत्तीदीन की स्त्री को आए कई साल हो गए, उन्होंने जगन्नाथजी के दर्शन नहीं किए। पैसा पास था। एक दिन जमादार से बोलीं, "जमादार, पैसा तो पास है, लेकिन लड़का-बच्चा कोई नहीं। हमारे-तुम्हारे बाद पैसा अकारथ जाएगा। इतने दिन आए हुए, अभी जगन्नाथजी के दर्शन नहीं हुए। अबके सोचती हूँ, बाबा के दर्शन करूँ और कहूँ. बाबा मेरी गोद भर दो तो तुम्हारे चरणों पर लोटकर तुम्हारी एक सौ एक रुपये की शिरनी चढ़ाऊँ। मेरा जी कहता है, बाबा मेरी मनोकामना पूरी करेंगे। देश-देश के लोग जाते हैं, मुँहमाँगा वरदान उन्हें मिलता है, भगवान ही हैं- अरे हाँ-जो कर, थोड़ा। फिर न जाने क्या सोचकर सत्तीदीन की स्त्री फूट-फूटकर रोने लगीं, फिर अपने हाथ आँसू पोंछकर हिचकियाँ लेती हुई बोलीं, "मुझे सब सुख है। जैसा वर मिला, वैसा अच्छा घर, धन है। मान है, गहने हैं, कपड़े हैं, दूध से भरी हूँ, लेकिन ऊँ हूँ हूँ" फिर रोदन यानी पूत नहीं।

सत्तीदीन ने छाती से लगाकर कहा, "अभी तुम्हारी कोई उमर हो गई है? पहली होतीं तो एक बात होती। वे तो बेचारी चक्की पीसती हुई चली गईं। पाँच साल हुए, तुम्हें ब्याह कर लाया हूँ। अब तुम्हारी उम्र बीस साल की होगी?"

सिसकियाँ लेते हुए स्त्री ने कहा, "उन्नीसवाँ चल रहा है।" हालाँकि उनकी उम्र पच्चीस साल से ऊपर थी।

"फिर?" सत्तीदीन ने कहा, "इतनी उतावली क्यों होती हो? मैं भी अभी बुड्ढा नहीं। लड़के-बच्चे जब आते हैं, अपने आप आते हैं।"

"ऐसा न कहो," स्त्री ने कहा, "कहो जगन्नाथजी की कृपा से आते हैं।"

सत्तीदीन गंभीर हो गए। बोले, "जगन्नाथजी की कृपा सब तरफ है। ऊँचा ओहद मिला है, यह भी जगन्नाथजी की कृपा है और उनके दर्शन हम रोज करते हैं मन में रही बात उनकी पुरी में जाने की, सो चले चलेंगे, दस दिन की छुट्टी ले लेंगे। यह कौन बड़ी बात है?"

स्त्री को ढाँढ़स बँधा। इसी समय बिल्लेसुर आए। जमादार ने पूछा, "बिल्लेसुर जगन्नाथजी चलोगे?"

बिल्लेसुर ख़र्चा नहीं लगाना चाहते थे। सत्तीदीन समझ गए। लेकिन बिल्लेसुर के पास होगा भी कितना, सोचकर कहा, "अच्छा, अपनी छुट्टी मंजूर करा लेना दस दिन की, अगले इतवार को चलेंगे।" सत्तीदीन को साथ एक नौकर चाहिए था।

बिल्लेसुर जब दूसरे की एवज में काम करने लगे, तब कचहरी की लगातार हाजिरी जरूरी हो गई। सत्तीदीन को गायों के काम के लिए दूसरा नौकर रखना पड़ा। बाहर का बहुत-सा काम बिल्लेसुर कर देते थे, यों वे अब अलग रहते थे, अलग न पकाते खाते थे।

फोकट में जगन्नाथजी के दर्शन होंगे, बिल्लेसुर के आनन्द का आरपार न रहा। उन्होंने छुट्टी मंजूर करा ली। अगले इतवार के दिन सत्तीदीन के सामान के रक्षक के बोरूप से जगन्नाथजी के दर्शनों के लिए सत्तीदीन और उनकी स्त्री के साथ रवाना हुए।

जिस तरह सत्तीदीन की स्त्री का विश्वास था कि जगन्नाथजी की कृपा की दृष्टि ने पड़ते ही वे गर्भिणी हो जाएँगी, उसी तरह बिल्लेसुर का विश्वास था कि सत्तीदीन की कर इच्छामात्र से उनकी नौकरी स्थायी हो जाएगी, चाहे डेढ़ इंच की जगह बालिश्त-भर छोटी पड़े।

अपने विश्वास को फलीभूत करने का उपाय बिल्लेसुर रास्ते में सोचते गए।

पुरी पहुँचकर बहुत खुश हुए। ऐसा दृश्य कानपुर से बर्दवान तक न देखा था। समन्दर का किनारा-बालू के ढूह- देखकर बहुत खुश हुए, समुद्र देखकर जामे से बाहर हो गए। जगन्नाथजी की स्मृति में बहुत से घोंघे समुद्र के किनारे से चुनकर रख लिये, कुछ छोटे-छोटे शंख से।

मार्कण्डेय, वटकृष्ण, चन्दनतालाब आदि प्रसिद्ध जगहें देखते फिरे। मंदिर के अहाते में और छोटे-छोटे मंदिर हैं। एक-एक देखते फिरे। एकादशी को एक जगह उल्टा टँगी देखकर हँसे। सत्तीदीन ने कहा, "बाबा के प्रताप से यहाँ एकादशी उल्टा टाँग दी गई हैं; यहाँ कोई एकादशी का व्रत नहीं कर सकता।" बिल्लेसुर ने उन्हें भी हाथ जोड़कर प्रणाम किया। फिर सब लोग कलयुग की मूर्ति देखने गए। कलियुग अपनी बीवी को कन्धे पर बैठाये बाप को पैदल चला रहा

है। सत्तीदीन की स्त्री गौर से देखती रही। कई रोज बड़े आनन्द से कटे। भुवनेश्वर चलने की तैयारी हुई।

जगन्नाथजी में जूठा नहीं होता, या दूसरे की जूठन खाना प्रचलित है। इधर के लोग, जिन्हें चौके की कैद माननी पड़ती है, वहाँ खुलकर एक-दूसरे की जूठन खाते हैं। कोई बुरा नहीं मानता। बिल्लेसुर ने जमादार और जमादारिन की पत्तलों में अपने जूठे हाथ से भात उठाकर डाल दिया। वे कुछ न बोले, बल्कि खाते हुए हँसते रहे।

दो दिन बीत जाने पर की बात है, जमादार नहा चुके थे, बिल्लेसुर भी नहाकर आए। आकर सीधे जमादार के पास गए और उनके पैर पकड़कर पेट के बल लेट गए। "क्या है बिल्लेसुर? क्या है बिल्लेसुर?" जमादार शंका की दृष्टि से देखते हुए पूछने लगे। बिल्लेसुर ने करुण स्वर से कहा, "कुछ नहीं, बाबा, मेरा भवसागर से उद्धार करो।"

"भवसागर से उद्धार हम कैसे करें, बिल्लेसुर? क्या हो गया है?" सत्तीदीन विचलित हो गए।

पैर पकड़े हुए ही बिल्लेसुर ने कहा, "बाबा, मुझे गुरुमन्त्र दो!"

"अरे गुरु यहाँ एक-से-एक बड़े हैं, छोड़ो पाँव, उनमें जिससे चाहो, मन्त्र ले लो।" सत्तीदीन ने पैर छुड़ाने को किया।

"मेरी निगाह में तुमसे बड़ा कोई नहीं। तुम मुझ पर दया करो।" पैर पकड़े हुए बिल्लेसुर ने पैर पर माथा रख दिया।

"मुझे तो कोई गुरुमन्त्र आता ही नहीं। सिर्फ गायत्री आती है।" विकल होकर सत्तीदीन ने कहा।

"बाबा, गायत्री से बड़ा गुरुमन्त्र और कोई नहीं है। मैं यही मन्त्र लूँगा।"

"अरे, गायत्री तो जनेऊ होते वक्त तुम सुन चुके हो।"

"मैं भूल गया हूँ। तुम्हारे पैर छूकर कहता हूँ। कल मैंने सपना देखा है कि बाबा जगन्नाथजी कहते हैं... लेकिन कहूँगा तो सपना फलियायेगा नहीं।"

स्वप्न की बात से सत्तीदीन की स्त्री रोमांचित हुई। बिल्लेसुर बाजी मार ले गया, सोचा। पुकारकर कहा, "बिल्लेसुर पैर छोड़ दो। तुम्हें बाबा का सपना हुआ

है, तो मैं कहती हूँ। जमादार गुरुमन्त्र देंगे। यहाँ आओ, अकेले में मुझसे बताओ कि क्या सपना देखा।"

बात पाकर बिल्लेसुर ने पैर छोड़ दिए। सत्तीदीन की स्त्री कोठरी की तरफ़ बढ़ी। बिल्लेसुर साथ-साथ गए। वहाँ जाकर कहा, "मैं सोता था, सोता हुआ, देखा भस्स से एक आग जल उठी, उसमें तीन मुँहवाला एक आदमी बैठा था, उसने कहा, बिल्लेसुर, तू ग़रीब ब्राह्मण है, सताया हुआ है, लेकिन घबड़ा मत, तू जिसके साथ आया है, उनकी सेवा कर, उनसे यहीं गुरुमन्त्र ले ले, तू दूधों-पूतों फलेगा। फिर देखता हूँ तो कहीं कुछ नहीं।"

सत्तीदीन की स्त्री ने निश्चय किया, फल उल्टा हुआ। वह सपना दरअसल उन्हें होना था। कोई खता न हो गई हो। हर सोमवार बाबा के नाम घी की बत्ती देने का संकल्प किया। फिर सत्तीदीन से मन्त्र दे देने के लिए कहा। सत्तीदीन ने कण्ठी माला, मिठाई, अंगोछा आदि बाजार से खरीद लाने के लिए बिल्लेसुर से कहा। बिल्लेसुर गए क्षण-भर में खरीद लाए। सत्तीदीन ने गायत्री मन्त्र से पुनर्वार बिल्लेसुर को दीक्षित किया।

बिल्लेसुर की श्रद्धालु आँखों का प्रभाव सत्तीदीन की स्त्री पर पड़ा। जगन्नाथ-दर्शन बिल्लेसुर के मुकाबले उनका फीका रहा सोचकर जमादार से बोलीं, "जमादार, मैं कहती हूँ, मन्त्र मैं भी क्यों न ले लूँ।" जमादार ने कहा, "अच्छा, पण्डाजी आवें तो पूछ लें।" ईश्वर की इच्छा से पण्डाजी कुछ ही देर में आ गए। सत्तीदीन ने पूछा। पण्डाजी ने सत्तीदीन की स्त्री को देखा और कहा, "अभी तुम रख नहीं सकेगा। अभी तो तुमको मासिक धर्म होता है।"

सत्तीदीन की स्त्री कटी निगाह देखती रही। पण्डाजी ने सत्तीदीन को सलाह दी कि चौथेपन में गुरुमन्त्र लेना लाभदायक होता है। जब तक स्त्री को मासिक धर्म होता है, तब तक वह मन्त्र की रक्षा नहीं कर सकती, अशुद्ध रहती है और तरह-तरह से पैर फिसलने की सम्भावना है। सत्तीदीन मान गए।

वहाँ से भुवनेश्वर गए, फिर बर्दवान वापस आए।

5

सत्तीदीन की स्त्री एक साल तक जगन्नाथजी की शक्ति की परीक्षा करती रहीं। हर सोमवार को घी का दिया देती थीं; और हर महीने के अन्त तक प्रतीक्षा करती थीं। लेकिन कोई फल न हुआ। बिल्लेसुर की क्रिया-काष्ठा बहुत बढ़ गई। तिलक, माला और गायत्री के धारण से उनकी प्रखरता दिन-पर-दिन निखरती गई।

जब एक साल तक पुत्र-विषय में बाबा जगन्नाथजी ने कृपा न की, तब सत्तीदीन की स्त्री का देवता पर कोप चढ़ा और वे दिव्य शक्ति को छोड़कर मनुष्यशक्ति की पक्षपातिनी बन गईं; यथार्थवादी लेखक की तरह।

बिल्लेसुर को बड़ी ग्लानि हुई। उनके गुरुमन्त्र का लोग मजाक उड़ाते थे। उनकी हालत में भी कोई सुधार नहीं हुआ। उन्होंने निश्चय किया, देश चलकर रहेंगे, जमींदार की गुलामी से गुरु की गुलामी सख्त है, यहाँ से वहाँ की आबोहवा अच्छी, अपने आदमी बोलने बतलाने के लिए हैं, अब यहाँ नहीं रहेंगे।

गुरुआइन का यथार्थवाद भी बिल्लेसुर को खला। एक दिन वे अपनी कण्ठी और माला लेकर गए और गुरुआइन के सामने रखकर कहा, "मैंने देश जाने की छुट्टी ली है। लौटूं या न लौटूँ। कहने को क्यों रहे, यह माला है और यह कण्ठी, लो, अब मैं चेला नहीं रहूँगा, जैसे गुरु वैसे तुम, यह तुम्हारा मन्त्र है!"

कहकर गायत्री मन्त्र की आवृत्ति कर गए और सुनाकर चल दिए, फिर पैर भी नहीं छुए।

बिल्लेसुर गाँव आए। अण्टी में रुपये थे, होंठों में मुस्कान। गाँव के जमींदार, महाजन, पड़ोसी सबकी निगाह पर चढ़ गए सबके अंदाज लड़ने लगे– 'कितना रुपया ले आया है।' लोगों के मन की मन्दाकिनी में अव्यक्त ध्वनि थी बिल्लेसुर रुपयों से हाथ धोयें! रात को लाठी के सहारे कच्चे मकान की छत पर चढ़कर, आँगन में उतरकर, रखा सामान और कपड़े लत्ते उठा ले जानेवाले चोर ताक में रहने लगे कि मौका मिले तो हाथ मारें। एक दिन मन्सूबा गाँठकर त्रिलोचन मिले और अपनी ज्ञानवाली आँख खोलकर बड़े अपनाव से बिल्लेसुर से बातचीत करने लगे, "क्यों बिल्लेसुर, अब गाँव में रहने का इरादा है या फिर चले जाओगे?"

बिल्लेसुर त्रिलोचन के पिता तक का इतिहास कण्ठाग्र किए थे, सिर्फ़ हिन्दी के ब्लैंक वर्स के श्रेष्ठ कवि की तरह किसी सम्मेलन या घर की बैठक में आवृत्ति करके सुनाते न थे। मुस्कराते हुए नरमी से बोले, "भैया अब तो गाँव में रहने का इरादा हैं– बंगाल का पानी बड़ा लागन है।"

त्रिलोचन के तीसरे नेत्र में और चमक आ गई। एक कदम बढ़कर और निकट होते हुए, समीप्यवाले भक्त के सहानुभूतिसूचक स्वर से बोले, "बड़ा अच्छा है, बड़ा अच्छा है। काम कौन-सा करोगे?"

"अभी तक कुछ विचार नहीं किया।" बिल्लेसुर वैसे ही मुस्कराते हुए बोले।

"बिना सोते के कुआँ सूख जाता है। बैठे-बैठे कितने दिन खाओगे?"

"सही-सही कहता हूँ। अभी तो ऐसे ही दिन कटते हैं।"

"ऐसा न कहना। गाँव के लोग बड़े पाजी हैं। पुलिस में रिपोट कर देंगे तो बदमाशी में नाम लिख जाएगा। कहा करो, जब चुक जाएगा तब फिर कमा लाएंगे।"

बिल्लेसुर सिटीपटाए। कहा, "हाँ भैय्या, आजकल होम करते हाथ जलता है। लोग समझेंगे, जब कुछ है ही नहीं तब खाता क्या है? चोरी करता होगा।"

त्रिलोचन ने सोचा, परले दरजे का चालाक है, कहीं कुछ खोलता ही नहीं। खुलकर बोले, "हाँ, दीनानाथ इसी तरह बहुत खीस निचोड़कर बातचीत किया करते थे, अब लिख गए बदमाशी में, रात को निगरानी हुआ करती है।"

बिल्लेसुर फिर भी पकड़ में न आए। कहा, "पुलिसवाले आँखें देखकर पहचान लेते हैं- कौन भला आदमी है, कौन बुरा। अपने खेत मैं रामदीन को बँटाई में देकर गया था। वही खेत लेकर किसानी करूँगा।"

त्रिलोचन को थोड़ी-सी पकड़ मिली। कहा, "हाँ, यह तो अच्छा विचार है। लेकिन तुम्हारे बैल तो हैं ही नहीं, किसानी कैसे करोगे?"

बिल्लेसुर पेंच में पड़े। कहा, "इसलिए तो कहा था कि अभी तक कुछ तय नहीं कर पाया।" त्रिलोचन का पारा चढ़ना ही चाहता था, लेकिन पारा चढ़ने से खरी-खोटी सुनकर अलग हो जाने के अलावा और कोई स्वार्थ न सधेगा, सोचकर मुश्किल से उन्होंने अपने को यथार्थ कहने से रोका, और बड़े धैर्य से कहा, "हमारे बैल ले लो।"

"फिर तुम क्या करोगे?"

"हम और बड़ी गोई लेना चाहते हैं। लेकिन सौ रुपये लेंगे।"

बिल्लेसुर ने निश्चय किया, सौ रुपये ज्यादा नहीं हैं। कहा, "अच्छा, कल बतलाएंगे।"

त्रिलोचन, एक काम है, कहकर चले। मन में निश्चय हो गया कि सौ रुपये एकमुश्त देनेवाले बिल्लेसुर के पास पाँच-सात सौ रुपये जरूर होंगे। त्रिलोचन दूसरी जगह सलाह करने गए कि किस उपाय से वे रुपये निकाले जाएँ।

बिल्लेसुर त्रिलोचन के जाने के साथ घर के भीतर गए और कुछ देर में तैयार होकर बाहर के लिए निकले। लोगों ने पूछा– कहाँ जाते हो, बिल्लेसुर? बिल्लेसुर ने कहा- पटवारी के यहाँ।

शाम होते-होते लोगों ने देखा, तीन बड़ी-बड़ी गाभिन बकरियाँ लिये बिल्लेसुर एक आदमी के साथ आ रहे हैं। गाँव-भर में हल्ला हो गया। बिल्लेसुर तीन बकरियाँ ले आए हैं। सबने एक-एक लम्बी साँस छोड़ी।

बकरियों का समाचार पाकर त्रिलोचन फिर आए। कहा, "बकरी ले आए अच्छा किया, अब ढोर काफ़ी हो जाएँगे।" बिल्लेसुर ने कहा, "हाँ, बैलोंवाला

विचार अब छोड़ दिया है, कौन हमारे सानी-पानी करेगा? बकरियों को पत्ते काटकर डाल दूँगा। बैलों को बाँधकर बैल ही बना रहना पड़ता है।"

"और किसानी?"

"बँटाई में है, साझे में कर लेंगे।"

7

बिल्लेसुर ने लम्बे पतले बाँस के लग्गे में हँसिया बाँधा- बढ़ाकर गूलर-पीपल, पाकड़ आदि पेड़ों की टहनियाँ छाँटकर बकरियाँ को चराने के लिए। तैयारी करते दिन चढ़ आया। बिल्लेसुर गाँव के रास्ते बकरियों को लेकर निकले। रामदीन मिले। कहा, ब्राह्मण होकर बकरी पालोगे? लेकिन हैं बड़ी अच्छी बकरियाँ, ख़ूब दूध देंगी, अब दो साल में बकरी-बकरों से घर भर जाएगा, आमदनी काफ़ी होगी।" कहकर लोभी निगाह से बकरियों को देखते रहे। रास्ते पर जवाब देना बिल्लेसुर को वैसा आवश्यक नहीं मालूम दिया। साँस रोके चले गए। मन में कहा- 'जब जरूरत पर ब्राह्मणों को हल की मूठ पकड़नी पड़ी है, जूते की दूकान खोलनी पड़ी है, तब बकरी पालना कौन बुरा काम है?' ललई कुम्हार अपना चाक चला रहे थे, बकरियों को देखकर एक कामरेड के स्वर से बिल्लेसुर का उत्साह बढ़ाया। बिल्लेसुर प्रसन्न होकर आगे बढ़े। आगे मंदिर था। भीतर महादेवजी, बाहर पीछे की तरफ़ महावीरजी प्रतिष्ठित थे। जबकि बिल्लेसुर गुरुमन्त्र छोड़ चुके थे, फिर भी बकरियों की भेड़िये से कल्याण-कामना किए बिना नहीं रहा गया- मंदिर में गए। उन्हें महादेवजी से महावीरजी अधिक शक्तिवाले मालूम दिए। यह भी हो सकता है कि बाहर महावीरजी के पास जाने से वे गलियारे से जाती हुई बकरियों को भी देख सकते थे। अस्तु, महावीरजी के पैर छूकर, मन-ही-मन उन्होंने कुछ कहा और फिर अपनी बकरियों का पीछा पकड़ा। खेत की हरियाली की तरफ़ लपकती बकरी को हटककर सामने लक्ष्य स्थिर करके बढ़े। मन्नू का पक्का कुआँ आया। गलियारे में ही खड़े-खड़े लग्गा बढ़ाकर गलियारे पर आती पीपल की निचली डाल से टहनियाँ छाँटने लगे। टहनियों के गिरते ही बकरियाँ पत्तियों से जुट गईं। जरूरत-भर लच्छियाँ छाँटकर लग्गा डाल के सहारे खड़ा कर बिल्लेसुर कुएँ की जगत पर चढ़कर बैठे, बकरियों को देखते हुए। सामने पड़ती ज़मीन थी। बगल से एक बरसाती नाला निकला था। चरवाहे लड़के वहीं ढोर लिये इधर-उधर खड़े थे। बिल्लेसुर को देखा। उनकी बकरियों को देखा। भगाने की सूझी। सयाने लड़के ने सलाह की। बात तय हो गई कि खेदकर नाले में कर दिया जाए। बिल्लेसुर

परेशान होंगे, खोजेंगे। मिलेंगी, मिलेंगी; न मिलेंगी, बला से। एक ने कहा- पासियों को ख़बर कर दी जाए तो नाले में मारकर निकालेंगे, कुछ मांस हमें भी मिलेगा। दूसरे ने कहा- गाभिन है, किस काम का मांस। फिर भी बकरियों को भगाने का लोभ लड़के से न रोका गया। सलाह करके कुछ बाहर तक रहे, कुछ बिल्लेसुर के पास गए। एक ने कहा, “काका, आओ, कुछ खेला जाए।” बिल्लेसुर मुस्कराए। कहा, “अपने बाप को बुला लाओ, तुम क्या हमारे साथ खेलोगे?” फिर सतर्क दृष्टि से बकरियों को देखते रहे। दूसरे ने कहा, “अच्छा काका, न खेलो; परदेश गए थे, वहाँ के कुछ हाल सुनाओ।” बिल्लेसुर ने कहा, “बिना अपने मरे कोई सरग नहीं देखता। बड़े होकर परदेश जाओगे तब मालूम कर लोगे कि कैसा है।” एक तीसरे ने कहा, “यहाँ हम लोग हैं भेड़िये का डर नहीं; वह ऊँचे हार में लगता है।” बिल्लेसुर ने कहा, “इधर भी आता है, लेकिन आदमी का भेस बदलकर।”

यह कहकर बिल्लेसुर उठे। बकरियाँ एक-एक पत्ती दूँग चुकी थीं। झपाटे से बढ़कर लग्गा उठाया और हाँककर दूसरी तरफ ले चले। पड़ती जमीन से ऊँचे बाग की तरफ़ चलते हुए कुछ रियाँ की लच्छियाँ छाँटीं। दीनानाथ गाँव जाते हुए मिले। लोभी निगाह से बकरियों को देखते हुए पूछा, “कितने की खरीदीं?” बिल्लेसुर ने निगाह ताड़ते हुए कहा, “अधियाँ की मिली हैं।” बिल्लेसुर के जगे भाग से दीना की चोटी खड़ी हो गई- ऐसा तअज्जुब हुआ। पूछा, “तीनों?” बिल्लेसुर ने अपनी खास मुस्कराहट के साथ जवाब दिया, “नहीं तो क्या-एक?” दीना ने अरथाकर पूछा, “यानी बकरी तुम्हारी, दूध तुम्हारा, मर जाए, उसकी बच्चे, आधे-आधे?” बिल्लेसुर ने कहा, “हाँ।” बिल्लेसुर के असम्भावित लाभ के बोझ से जैसे दीना की कमर टेढ़ी हो गई। दबा हुआ बोला, “हाँ, गुसैयाँ जिसको दे।” मन में ईर्ष्या हुई। बिल्लेसुर अकेले मजा लेंगे? दीना नहीं, अगर बकरियों को पेट में न डाला। बिल्लेसुर ने देखा, दीना के माथे पर बल पड़े हुए थे, आँखों में इरादा जाहिर था। बिल्लेसुर को जिन्दगी के रास्ते रोज ऐसी ठोकर लगी है, कभी बचे हैं, कभी चूके हैं। अब बहुत सँभले रहते हैं, हमेशा निगाह सामने रहती है। वहाँ से बढ़ते हुए गूलर के पेड़ के तले गए। कुछ पत्ते काटे और उनका बोझ बनाकर बाँध लिया घर में बकरियों को खिलाने के इरादे। जब बकरियों का पेट भर गया तब बोझ सर पर रखकर दूसरे रास्ते से बकरियों को लिये हुए घर लौटे।

बिल्लेसुर के अपने मकान के इतने हिस्से हुए थे कि बकरियों को लेकर वहाँ रहना असम्भव था। भाइयों को राजयक्ष्मा न होने के कारण बकरियों की गन्ध से ऐतराज होता। दूसरे, पुराना होकर घर कई जगह गिर गया था। रात को भेड़िये के रूप में चोर आ सकते थे और बकरियों को उठा ले जा सकते थे। ऐसे अनेक कारणों से बिल्लेसुर ने गाँव में एक खाली पड़ा हुआ पुराना मकान रहने के लिए लिया। ख़रीदा नहीं; यह शर्त रही कि छायेंगे, छोपेंगे, गिरने से मकान को बचाये रहेंगे। नोटिस मिलने पर छः महीने में मकान खाली कर देंगे, मकान मालिक परदेश में रहते थे, एक तरह वहीं बस गए थे। जिनके सुपुर्द मकान था, वे सोलह आने नज़र लेकर बिल्लेसुर पर दयालु हो गए थे।

यह मकान परदेशी का होने के कारण वजादार हो, यह बात नहीं। परदेशी जब इस मकान में रहते थे, बिल्लेसुर की ही तरह देशी थे। देश की दीनता के कारण ही परदेश गए थे। मकान के सामने एक अन्धा कुआँ है और एक इमली का पेड़। बारिश के पानी से धुलकर दीवारें ऊबड़-खाबड़ हो गई हैं, जैसे दीवारों से ही पनाले फूटे हों। भीतर के पनाले का मुँह भर जाने से बरसात का पानी दहलीज़ की डेहरी के नीचे गड्ढा बनाकर बहा है। गड्ढा बढ़ता-बढ़ता ऐसा हो गया है कि बड़े जानवर, कुत्ते जैसे आसानी से उसके भीतर से निकल सकते हैं। दहलीज़ का फ़र्श कहीं भी बराबर नहीं; उसके ऊपर लेटने की बात क्या, चारपाई भी उस पर नहीं डाली जा सकती। दूसरी तरफ़ एक खमसार है और उसी से लगी एक कोठरी। इसी में बिल्लेसुर आकर रहे। दरवाजे का गढ़ा तोप दिया। बाकी घर की धीरे-धीरे मरम्मत करते रहे।

एक वक्त रोटी पकाते थे, दोनों वक्त खाते थे। इस तरह साल भर से ज्यादा झेल ले गए। उनका लक्ष्य और काम बढ़ते गए। लेकिन अड़चन से पीछा नहीं छूटा। गाँव में जितने आदमी थे, अपना कोई नहीं, जैसे दुश्मनों के गढ़ में रहना हो। भाई भी अपने नहीं। बिल्लेसुर सोचते थे, क्यों एक-दूसरे के लिए नहीं खड़ा

होता। जवाब कभी कुछ नहीं मिला। मुमकिन दुनिया का असली मतलब उन्होंने लगाया हो। फिर भी, जान रहते काम करना पड़ता है, दूसरे की मदद करनी पड़ती है, सहारा लेना पड़ता है, यह सच है। इधर कोई ध्यान नहीं देता, यह कमजोरी दूर नहीं हो रही; कोई सूरत भी नहीं नज़र आ रही। हमारे सुकरात केज़बान न थी, पर इसकी फिलासफी लचर न थी; सिर्फ़ कोई इसकी सुनता न था; इसे भी भूल भुलैया से बाहर निकलने का रास्ता नहीं दिखा, इसलिए यह भटकता रहा।

कुछ वक्त और बीता। बकरियों के साथ ही रहते थे, सारे घर में लेंड़ियों। दमदार पहले से थे, बकरियों के साथ रहकर और हो गए थे। अब तक खरीदी बकरियों के नाती-नातिनें पैदा हो चुकी थीं। कुछ पट्ठे बेच भी चुके थे। अच्छी आमदनी हो चली थी। गाँववालों की नजर में और खटकने लगे थे। एक दफ़ा कुछ लोग बिल्लेसुर के खिलाफ़ ज़मींदार के यहाँ फरियाद लेकर गए थे कि गाँव के कुल पेड़ बिल्लेसुर ने ढूँड़े कर दिए उनकी बकरियाँ बिकवा दी जानी चाहिए। जमींदार ने, अच्छा, कहकर उनका उत्साह बढ़ाकर टाल दिया, क्योंकि बिल्लेसुर की बकरियों पर उनकी निगाह पहले पड़ चुकी थी और वे सरकारी पेड़ों की छँटाई की एक रकम बिल्लेसुर से तय करके लेने लगे थे। गाँववाले दिल का गुबार बिल्लेसुर को बकरिहा कहकर निकालने लगे। जवाब में बिल्लेसुर बकरी के बच्चों के वही नाम रखने लगे जो गाँववालों के नाम थे।

नहाकर, रोटी पका-खाकर, शाम के लिए रखकर, बिल्लेसुर बकरियों को लेकर निकले। कन्धे में वही लग्गा पड़ा हुआ। जामुन पक रहे थे। एक डाल में लग्गा लगाकर हिलाया। लग्गे के एक तरफ हँसिया, दूसरी तरफ लगुसी बँधी थी। फरेंदे गिरे। बिनकर अँगोछे में ले लिये और खाते हुए गलियारे से चले। आगे महावीरजी वाला मंदिर मिला। चढ़ गए और चबूतरे के ऊपर से मुँह की गुठली नीचे फेंककर महावीरजी के पैर छुए और रोज़ की तरह कहा, मेरी बकरियों की रखवाली किए रहना। तुलसीदासजी या सीताजी की जैसी अन्तर्दृष्टि न थी; होती, तो देखते; मूर्त्ति मुस्करायी। जल्दी-जल्दी पैर छूकर और कहकर मंदिर के चबूतरे से नीचे उतरे। बकरियों को लेकर गलियारे से होते हुए बाग की ओर चले। दुपहर हो रही थी। पानी का गहरा दौंगरा गिर चुका था। जमीन गीली हो गई थी। ताल तलैया, गड़ही-गढ़े बहुत कुछ भर चुके थे। कपास, धान, अगमन, ज्वार-बाजरे, अरहर, सनई, सन, लोबिया, ककड़ी-खीरे, मक्की, उर्द आदि बोने के लोभी किसान तेजी से हल चला रहे थे। किसानी के तन्त्र के जानकार बिल्लेसुर पहली वर्षा की मटैली सुगन्ध से मस्त होते हुए मौलिक किसानी करने की सोचते अपनी इसी धुन में बकरियों को लिये जा रहे थे। उन बँटाई उठाये खेतों में एक खेत खुद-काश्त के लिए ले लिया था। बरसातवाली किसानी में मिहनत ज्यादा नहीं पड़ती। एक बाह दो बाह करके बीज डाल दिया जाता है। वर्षा के पानी से खेती फूलती-फलती है। बैल नहीं हैं, अगमन जोतने-बोने के लिए कोई माँगे न देगा। बिल्लेसुर ने निश्चय किया कि छह-सात दिन में अपने काम-भर की ज़मीन वे फावड़े से गोड़ डालेंगे। गाँव के लोग और सब खेती करते हैं, शक्करकन्द नहीं लगाते। इसमें काफ़ी फ़ायदा होगा। फिर अगहन में उसी खेत में मटर बो देंगे। जब शक्करकन्द बैठेगी, रात को ताकना होगा, तब किसी को कुछ देकर रात को तका लेंगे। एक अच्छी रकम हाथ लग जाएगी।

निश्चय के बाद जब बिल्लेसुर इस दुनिया में आए तब देखा, वे बहुत दूर बढ़ आए हैं। आग्रह और उतावली से जाँच की निगाह बकरियों पर डाली– गंगा,

यमुना, सरजू, पारवती हैं; सेखाइन, जमील, गुलबिया, सितबिया हैं; रमुआ, स्यमुआ, भगवतिया, परभुआ हैं; टुरुई है, और दिनवा? बिल्लेसुर चौकन्ने होकर देखने लगे, पीछे दूर तक निगाह दौड़ायी। दीनानाथ न दिखे। कलेजा धक्-से हुआ। दीनानाथ सबसे तगड़े थे, वही पिछड़ गए या कहाँ गए। बुलाने लगे, "उर्र्र्र्, उर्र्र्र्,! दिनवा अले- अले उर्र्र्र्,! आव-आव दिनवा।" उर्र्र्र्, उर्र्र्र्,! बेटा दीनानाथ, उर्र्र्र् टुरुई मिमियाने लगी। दीनानाथ की कोई आहट न मिली। 'टुरुई, कहाँ है दिनवा?' टुरुई मिमियाती हुई बिल्लेसुर के पास आ गई। बिल्लेसुर बकरियों को लेकर उसी रास्ते लौटे। उसी नाले के पास लड़के ढोर लिये खड़े थे। बिल्लेसुर को देखकर मुस्कराए। बिल्लेसुर का हृदय रो रहा था। मुस्कराहट से दिमाग में गर्मी चढ़ गई। लेकिन जब्त किया। भलमंसाहत से पूछा, "बच्चा, हमारा बकरा इधर रह गया है?"

"कौन बकरा?"

"पट्ठा एक, हम दिनवा को बुलाते थे।"

"अगर वे दीनवा कहते थे, तो दीनवा से पूछो। हमें नहीं पता कि वह कहां है।"

बिल्लेसुर ने फिर पूछताछ नहीं की। संदेह हुआ। जी में आया, चलकर नाले के किनारे खोजें, लेकिन बकरियों को किसके भरोसे छोड़ जाए, फिर एक बच्चा गायब कर दिया जाए तो क्या करेंगे? जल्दी-जल्दी मकान की तरफ बढ़े। बच्चों और बकरियों को भगाते ले चले। रास्ते में दो-एक आदमी मिले, पूछा, "क्या है बिल्लेसुर, इतनी जल्दी और भगाये लिये जा रहे हो?" बिल्लेसुर ने कहा, "भैया, एक पट्ठा किसी ने पकड़ लिया है, वहाँ नाले के पास लड़के ढोर लिये खड़े हैं, बताते नहीं।" सुननेवालों ने कहा, "जानते हो गाँव में ऐसे चोर हैं कि कठैली भी आँगन में रह जाए तो अटारी से उतरकर उठा ले जाए। बोलो तो हार-बाहर बेइज़्ज़त करें। कहाँ कोई गाँव छोड़कर भग जाए?" बिल्लेसुर बढ़े। दरवाजा खोला। कोठरी में बच्चों को और दहलीज़ में बकरियों को ताले के अन्दर बन्द करके डण्डा लेकर दीना का पता लगाने चले।

पहले दीना के घर गए। पता लगा कि वह घर में नहीं है। वहाँ से सीधी खुश्की से नाले की ओर बड़े। ऊँचे टीले पर एक लड़का बैठा इधर-उधर देख रहा था। बिल्लेसुर समझ गए। नाले के किनारे-किनारे बढ़े। लड़के ने एक खास तरह की आवाज की। बिल्लेसुर समझ गए कि पास ही कहीं है। बढ़ते गए बढ़ते गए।

दूर एक झाड़ी दिखी, निश्चय हुआ कि यहीं कहीं मारा पड़ा होगा। झाड़ी के पास पहुँचे, वहाँ कोई नहीं था। झाड़ी के भीतर गए। अच्छी तरह देखने लगे, खून में तर जमीन दिखी। तअज्जुब से देखते रहे। बकरा या आदमी न दिखा। चेहरा उतर गया। दिल रो रहा था, लेकिन आँखों में आँसू न थे। कहीं इन्साफ नहीं, सिर्फ़ लोग नसीहत देते हैं, चलकर कुएँ के पास आए। बहुत गरमा गए थे। जगत पर बैठे। बकरा मार डाला गया। लड़के जानते है, लेकिन बतलाते नहीं। आठ रुपये का था। जी रो उठा। कोई मददगार नहीं। ढलते सूरज की धूप सिर पर पड़ रही थी, लेकिन बिल्लेसुर ख्याल में ऐसे डूबे थे कि गरमी पहुँचकर भी न पहुँचती थी।

अब बकरियाँ भूखी हैं। शाम हो आई है, चराने का वक्त नहीं। लग्गा नहीं; पत्तियाँ नहीं काटीं; रात को भी भूखी रहेंगी। इस तरह कैसे निबाह होगा? बिना खाये सवेरे दूध न होगा। बच्चे भूखे रहेंगे। दुबले पड़ जाएँगे। बीमारी भी जकड़ सकती है। चोकर रखा है, लेकिन उतनी बकरियों और बच्चों को क्या होगा? रात को पेड़ छाँटना पड़ेगा।

सूरज डूब गया। बिल्लेसुर की आँखों में शाम की उदासी छा गई। दिशाएँ हवा के साथ साएँ-साएँ करने लगीं। नाला बहा जा रहा था, जैसे मौत का पैगाम हो। लोग खेत जोतकर धीरे-धीरे लौट रहे थे, जैसे घर की दाढ़ के नीचे दबकर, पिसकर मरने के लिए। चिड़िया चहक रही थीं, अपने-अपने घोंसले की डाल पर बैठी हुई, रो-रोकर साफ कह रही थीं, रात को घोंसले में जंगली बिल्ले से हमें कौन बचायेगा? हवा चलती हुई इशारे से कह रही थी, सबकुछ इसी तरह बह जाता है।

बिल्लेसुर डण्डा लिये धीरे-धीरे गाँव की ओर चले। ढाढ़स अपने आप बँध रहा था। दूसरे काम के लिए दिल में ताकत पैदा हो रही थी। भरोसा बढ़ रहा था। गाँव के किनारे आए। महावीरजी का वह मंदिर दिखा। अंधेरा हो गया था। सामने से मंदिर के चबूतरे पर चढ़े। चबूतरे-चबूतरे मंदिर की उल्टी प्रदक्षिणा करके, पीछे महावीरजी के पास गए। लापरवाही से सामने खड़े हो गए और आवेग में भरकर कहने लगे, "देख, मैं गरीब हूँ। तुझे सब लोग गरीबों का सहायक कहते हैं, मैं इसीलिए तेरे पास आता था, और कहता था, मेरी बकरियों को और बच्चों को देखे रहना। क्या तूने रखवाली की, बता, लिये थूथन-सा मुँह खड़ा है?" कोई उत्तर नहीं मिला। बिल्लेसुर ने आँखों से आँखें मिलाए हुए महावीरजी के मुँह पर वह डण्डा दिया कि मिट्टी का मुँह गिली की तरह टूटकर बीघे भर के फ़ासले पर जा गिरा।

बिल्लेसुर, जैसा लिख चुके हैं, दुख का मुँह देखते-देखते उसकी डरावनी सूरत को बार-बार चुनौती दे चुके थे। कभी हार नहीं खायी। आजकल शहरों में महात्मा गांधी के बकरी का दूध पीने के कारण दूध बकरीदी की बड़ी खपत है, इसलिए गाय के दूध से उसका भाव भी तेज है; मुमकिन, देहात में भी यह प्रचलन बढ़ा हो; पर बिल्लेसुर के समय सारा संसार बकरी के दूध से घृणा करता था; जो बहुत बीमार पड़ते थे, जिनके लिए गाय का दूध भी मना था, उन्हें बकरी के दूध की व्यवस्था दी जाती थी। बिल्लेसुर के गाँव में ऐसा एक भी मरीज़ नहीं आया। जब दूध बेचा नहीं बिका, किसी को कृपा-पात्र बनवाये रहने के लिए व्यवहार में देने पर मुँह बनाने लगा, तब बिल्लेसुर ने खोया बनाना शुरू किया। बकरी के दूध का खोया बनाने में पहले प्रकृति बाधक हुई; बकरी के दूध में पानी का हिस्सा बहुत रहता है; बड़ी लकड़ी लगानी पड़ी; बड़ी देर तक चूल्हे के किनारे बैठा रहना पड़ा; बड़ी मिहनत; पहाड़ खोदने के बाद जब चुहिया निकली-खोये का छोटा-सा गोला बना, तब मन भी छोटा पड़ गया। भैंस के दूध के सेर-भर में पाव-भर का आधा भी नहीं होता था। धीरज बाँधकर बेचने गए, भवना हलवाई जोतपुरवाले के यहाँ, वह गट्टे काट रहा था, जल्दी में उसने देखा नहीं, तोलकर दाम दे दिए; दूसरे दिन गए तो तोलकर रख लिया। बिल्लेसुर ने पूछा, “दाम” उसने कहा, “दाम कल दे चुका हूँ, मैं समझा था भैंस का खोया है, यह बकरी का खोया है, बकरी के खोये के आधे दाम भी बहुत हैं, मैं बकरी का खोया नहीं लेता; अब न ले आना सारी मिठाई बर्बाद हो जाती है, गाहक गाली देते हैं, न घी है, न स्वाद; जो कुछ थोड़ा-सा घी निकलता है, वह दूसरे घी में मिलाया नहीं जा सकता- कुल घी बदबू छोड़ने लगता है।” बिल्लेसुर सिर झुकाकर चुपचाप चले आए। माल है, पर बिकता नहीं। तब तरकीब निकाली। इसमें खोया बनाने से कम मिहनत पड़ती है। कण्डे की आग परचाकर हण्डी में दूध रख देने लगे, अपना काम भी करते थे, दूध गर्म हो जाने पर ठण्डा करके जमा देते थे, दूसरे दिन मथकर मक्खन निकाल लेते थे। मट्ठा खुद भी पीते थे, बच्चों को भी पिलाते थे। मक्खन का घी बनाकर उसमें चौथाई हिस्सा

भैंस का घी खरीदकर मिला देते थे, और छटाक आध पाव सस्ते भाव में बाजार जाकर बेच आते थे। देहात में गाय, भैंस और बकरी का मिला घी भी बिकता है। जिनके यहाँ जानवरों की दोनों या तीनों किस्में हैं, वे दूध अलग-अलग नहीं जमाते। बिल्लेसुर का काम चल निकला। बकरे के मारे जाने को उन्होंने हानि-लाभ, जीवन-मरण की फिलासफी में शुमार कर अपने भविष्य की ओर देखा। उन्होंने निश्चय किया, बकरियों को हार में चराने न ले जाएँगे, घर में ही खिलाएंगे, जब तक खेत तैयार न हो जाए और शक्करकन्द की बीड़ी न लग जाए। सबेरा होते ही बिल्लेसुर फावड़ा लेकर खेत में जुटे। रात को इतनी पत्ती काट लाए थे कि आज दिन-भर के लिए बकरियों को काफ़ी चारा था। बकरियाँ और बच्चे उसी तरह कोठरी और दहलीज में बन्द थे। फावड़े से खेत गोड़ते देखकर गाँव के लोग मज़ाक करने लगे, लेकिन बिल्लेसुर बोले नहीं, काम में जुटे रहे। दुपहर होते-होते काफ़ी जगह गोड़ डाली। देखकर छाती ठण्ढी हो गई। दिल को भरोसा हुआ कि छह-सात दिन में अपनी मिहनत से बकरे का घाटा पूरा कर लेंगे। दुपहर होने पर घर आए नहाकर लप्सी बनायी और खाकर कुछ देर आराम किया। दुपहर अच्छी तरह ढल गई, तीसरा पहर पूरा नहीं हुआ था, उठकर फिर खेत गोड़ने चले। शाम तक खेत गोड़कर बकरियों के लिए पत्ते काटकर पहर-भर रात होते घर आए। सात दिन की जगह पाँच ही दिन में बिल्लेसुर ने खेत का वह हिस्सा गोड़ डाला। खेत से एक पाटी निकाल ली। लोग पूछते थे, क्या बोने का इरादा है बिल्लेसुर? बिल्लेसुर कहते थे, भंग। देहात में कोई किसी को मन नहीं देता, यों कहीं भी नहीं देता। बिल्लेसुर पता लगाकर शक्करकन्द की बीड़ी ले आए। एक दिन लोगों ने देखा बिल्लेसुर शक्करकन्द लगा रहे हैं। पानी बरसने और शक्करकन्द की बाँड़ी के फैलने के साथ बिल्लेसुर आलू की जैसी मेंड़ों पर मिट्टी चढ़ाने लगे।

जब से त्रिलोचन के बैल न लेकर बिल्लेसुर ने बकरियाँ खरीदीं तभी से इस बेचारे को जटने के लिए त्रिलोचन पेच भर रहे थे। बकरियों के बच्चों के बढ़ने के साथ गाँव में धनिकता के लिए बिल्लेसुर का नाम भी बढ़ा। लोग तरह-तरह की राय ज़ाहिर करने लगे। क्वार का महीना; बिल्लेसुर की शक्करकन्द की बेलें लहलही दिख रही थीं, लोग अंदाजा लड़ा रहे थे कि इतने मन शक्करकन्द निकलेगी, बिल्लेसुर छप्पर के नीचे बकरी के दूध में सानकर सत्तू-गुड़ खा रहे थे, त्रिलोचन आए। बकरी के बच्चे ढकने का एक झौआ औंधाया था, उस पर चढ़कर बैठने के लिए घूमे, लेकिन बिल्लेसुर को हाथ हिलाते देखकर वहीं ज़मीन पर बैठ गए। 'एक बड़ी बढ़िया खबर है, बिल्लेसुर।' बिल्लेसुर से मुस्कराते हुए कहा। उपदेशक की मुद्रा से हथेली उठाकर बिना कुछ बोले आश्वासन देते हुए, बिल्लेसुर ने समझाया, कुछ देर धीरज रखो। त्रिलोचन ने पूछा, भोजन करते बोलते नहीं क्या? गंभीर भाव से आँखें मूंदकर सिर हिलाते हुए बिल्लेसुर ने जवाब दिया। त्रिलोचन अपनी बातचीत का सिलसिला मन ही मन जोड़ते रहे।

जल्दी-जल्दी सत्तू खाकर बिल्लेसुर उठे। पनाले के पास बैठकर हाथ धोये, कुल्ले किए, अभ्यास के अनुसार जनेऊ में बँधी ताँबे की दन्तखोदनी उठाकर दाँत खरिका किए, फिर कुल्ले किए और एक डकार छोड़कर सिर झुकाये हुए कोठरी के भीतर गए। त्रिलोचन देखते रहे। बिल्लेसुर एक खटोला निकालकर बाहर ले आए। डालकर कहा, "आओ, जरा संभलकर बैठना, हचकना नहीं।" त्रिलोचन उठकर खटोले पर बैठे। एक तरफ बिल्लेसुर बैठे।

त्रिलोचन ने बिल्लेसुर को देखा, फिर आश्चर्य से आँखें निकालकर कहा, "करना चाहो तो एक बड़ा अच्छा ब्याह है।"

विवाह के नाममात्र से बिल्लेसुर की नसों में बिजली दौड़ गई; लेकिन हिन्दू-धर्म के अनुसार उसे उपयोगितावाद में लाते हुए कहा, "अब देखते ही हो, सत्तू खाना पड़ा है। औरत कोई होती तो मरती हुई भी रोटी सेंककर रखती।"

"यथार्थ है," त्रिलोचन गंभीर होकर बोले।

बिल्लेसुर को बढ़ावा मिला, कहा, "गाँव के चार भाइयों का मोह है, पड़ा है नहीं तो मरने के लिए दुनिया भर में मुझे ठौर है।"

"अब यह भी तुम समझाओगे तब समझेंगे?"

बिल्लेसुर का पौरुष जग गया। उन्होंने कहा, "बंगाल गया था, चाहता तो एक बैठा लेता; लेकिन बाप-दादे का नाम भी तो है? सोचा कौन नाक कटाये? तुम्हीं लोग कहते, बिल्लेसुर ने बाप के नाम की लुटिया डुबा दी।" बिल्लेसुर अपनी भूमिका से एकाएक विषय पर नहीं आ सकते थे। आने के लिए बढ़कर फिर हट जाते थे। त्रिलोचन ने कहा, "सारा गाँव तुम्हारी तारीफ़ करता है; गाँव ही नहीं, ग्वेंड भी कि बिल्लेसुर मर्द आदमी है।"

बिल्लेसुर ने कहा, "नाम के लिए दुनिया मरती है। इतनी मिहनत हम क्यों करते हैं? नाम ही नहीं तो कुछ नहीं। हमारे बाप मरकर भी नहीं मरे, क्यों? और अगर उनके पोता न रहा तो?"

त्रिलोचन ने कहा, "तुम्हारे जैसा समझदार लड़का जिनके है, उनके पोता कैसे न रहेगा?" कहकर त्रिलोचन गंभीर हो गए।

बिल्लेसुर ने कहा, "माँ-बाप ही दुनिया के देवता हैं। धर्म तो रहा ही न होता अगर माँ-बाप न रहे होते।"

त्रिलोचन ने कहा, "बेशक! धर्म की रक्षा हर एक को करनी चाहिए। तभी तो धर्म के पीछे जान दे देने के लिए कहा है।"

"अब देखो, खेत में काम करने गए, घर आए, औरत नहीं; बिना औरत के भोजन विधि-समेत नहीं पकता; न जल्दी में नहाते बनता है, न रोटी बनाते, न खाते; धर्म कहाँ रहा?" बिल्लेसुर उत्तेजित होकर बोले।

"हम तो बहुत पहले समझ चुके थे, अब तुम्हीं समझो।" कहकर त्रिलोचन ने तीसरी आँख पर मन को चढ़ाया।

बिल्लेसुर ने एक दफ़ा त्रिलोचन को देखा, फिर सोचने लगे, 'देखो, दलाल बनकर आया है। सोचता है, दुनिया में हम ही चालाक हैं। अभी रुपये का सवाल पेश करेगा। पता नहीं, किसकी लड़की है, कौन है। जरूर कुछ दाग होगा। अड़चन यह है कि निबाह नहीं होता। भूख लगती है, इसलिए खाना पड़ता है,

पानी बरसता है, धूप होती है, लू चलती है, इसलिए मकान में रहना पड़ता है। मकान की रखवाली के लिए ब्याह करना पड़ता है। मकान का काम स्त्री ही आकर सँभालती है। लोग तरह-तरह की चीज-वस्तुओं से घर भर देते हैं; स्त्री को जेवर-गहने बनवाते हैं। यों सब झोल है- ढोल में सब पोल-ही-पोल तो है?' बिल्लेसुर को गुरुआइन की याद आई, गाँव के घर-घर का सुना इतिहास आँख के सामने घूम गया। अब तक वे झूठ कहते रहे। यही कारण है कि बुलबुल काँपे में फँसता है। त्रिलोचन के ज्ञान में रहने की प्रतिक्रिया बिल्लेसुर में हुई। फिर यह सोचकर कि अपना क्या बिगड़ता है- इसका मतलब मालूम कर लेना चाहिए करुण स्वर से बोले, "हाँ भैया, समझदार तुमको गाँव के सभी मानते है।"

खुश होकर त्रिलोचन ने कहा, "ऐसी औरत गाँव में आई नहीं सोलह साल की, आग-भभूका।"

बिल्लेसुर को देवियों की याद आ गई थी, इसलिए विचलित होकर सँभल गए। कहा, "तुम्हारी आँख कभी धोखा खा सकती है? कहाँ की है?"

"यह तो न बतायेंगे, जब ब्याहने चलोगे, तभी मालूम करोगे।"

"पहले तो फलदान चढ़ेंगे, या इसकी भी जरूरत नहीं?"

"फलदान चढ़ेंगे, लेकिन कोई पूछताछ न होगी, तिवारियों के यहाँ की लड़की है। सब काम हमारी मारफ़त होगा।"

"किस गाँव की है?"

"इतना बता दिया तो क्या रह जाएगा? यह ब्याह से पहले मालूम हो ही जाएगा। मगर एक बात है। उनके यहाँ ब्याह का खर्च नहीं। भलेमानस हैं। लड़की नहीं बेचेंगे, पर खर्च तुम्हें देना होगा।"

"कितना?"

त्रिलोचन हिसाब लगाने लगे, खुलकर कहते हुए, "तुम्हारे यहाँ फलदान चढ़ाने आएंगे तो ठहरेंगे हमारे यहाँ। थाल में सात रुपये रखेंगे और नारियल के साथ एक थान। इसमें बीस रुपये का खर्च है। यह तुम्हें फलदान के दिन से सात रोज पहले दे देना होगा। फिर फलदान चढ़ जाने पर डेढ़ सौ रुपये विवाह का खर्च के लिए उस दिन देना पड़ेगा, सब हमारी मारफ़त। भले आदमी हैं, नहीं निबाह सकते। तुमसे हाथ फैलाकर लें, तो कैसे? द्वार के चार से, ब्याह, भात और

बड़हार, बरतौनी तक डेढ़ सौ, दाल में नमक के बराबर भी नहीं। लेकिन तुम्हें भी तो नहीं उजाड़ सकते? कुल में तुमसे बड़े।"

बिल्लेसुर ने कहा, "कुल में बड़े हैं तो ब्याह फलेगा नहीं। मन्नू बाजपेयी ने, रुपये न होने से उतरकर ब्याह किया, लड़की बेबा हो गई। भैया, मुझे तो यही बड़ा डर है कि कहीं..."

त्रिलोचन का चेहरा उतर गया। बोले, "घबड़ाते हो नाहक। जितने बड़े हैं, सब बने हुए हैं। अस्ल में बड़े हैं नहीं। मन्नू बाजपेयी की लड़की ने अपने पति को मार डाला। कहते हैं, उसकी उम्र ज्यादा हो गई थी, मायके में ही बिगड़ गई थी, इसलिए मन्न वै उसका ब्याह उतरकर कर दिया था। अपने यार के कहने पर उसने पति को जहर खिला दिया। वह कुछ दिन से बीमार था, दवा हो रही थी।"

"कहीं यह भी ऐसा ही मुझ पर करे!" बिल्लेसुर शंका की दृष्टि से देखने लगे। "कहता तो हूँ, किसी तरह का ख़ौफ़ न खाओ। बिचवासी मैं हूँ। लड़की में दाग, न कलंक, न चाल-चलन बिगड़ा, न काली-कानी-लँगड़ी-लूली।"

"जब तुम कह रहे हो तो एतबार सोलह आने है; लेकिन पता बिना जाने दस रोज़ पहले आए नातेदारों से क्या कहूँगा? उनसे यह भी नहीं कहते बनता कि त्रिलोचन भैया जानते हैं; इसीलिए पता पूछता हूँ। दूसरी बात कुण्डली बिचरवा लेनी है। लड़की की कुण्डली ले आओ। मैं अपने सामने बिचरवाऊँगा। लड़की मंगली निकली तो बेमौत मरना होगा? ब्याह करना है तो आँखें खोलकर करना चाहिए।"

त्रिलोचन मन से बहुत नाराज हुए। बोले, "ऐसी बातें करते हो जैसे बाला के हो। तुम्हारे यहाँ वे नहीं आए और कभी कोई भलामानस न आएगा। हम कहते थे कि भद्रा के जैसे मारे इधर-उधर घूमते हो तुम्हारा घर बस जाए? लेकिन तुम आ गए अपनी अस्लियत पर। मान लो, तुम्हीं मंगली निकले, तो? कौन बाप अपनी लड़की तुम्हें सौंप देगा? रही बात नातेदारीवाली सो हम तो इसे सोलहो आने बेवकूफ़ी समझते हैं। बैठे-बैठाये पच्चीस रुपये का खर्च सिर पर। हम तो कहते हैं, चुपचाप चले चलो, विवाह कर लाओ। लड़की के बाप का नाम मालूम करना चाहते हो तो चले चलो, उनका घर भी देख आओ। लेकिन तुम्हारा जाना शोभित नहीं है, गाँव-भर तुम दोनों को हँसेंगे।"

बिल्लेसुर को कुछ विश्वास हुआ। लेकिन रुपये की सोचकर कटे। लड़की के रूप का मोह भी घेरे था, सैकड़ों कलियाँ चटक रही थीं, खुशबू उड़ रही थी, पर त्रिलोचन पर पूरा-पूरा विश्वास न हो रहा था। पूछा, "यहाँ से कितनी दूर है?"

"तीन-चार कोस होगा।"

बिल्लेसुर ने सोचा, एक दिन में चलेंगे और लौट भी आएंगे। बकरियों को बड़ी तकलीफ़ न होगी। पत्ते काटकर डाल जाएँगे। बोले, "तो चले चलो भैया, देख लेना चाहिए, जिस दिन कहो तैयारी कर दी जाए।"

त्रिलोचन ने मतलब गाँठकर कहा, "अच्छा, आज के चौथे दिन चलेंगे।"

12

बिल्लेसुर को उस रात नींद न आई। वही रूप देखते रहे। बहुत गोरी है, सोचते रामरतन की स्त्री की याद आई। सोलह साल की है, सोचा तो रामचरन सुकुल की बिटिया की सूरत सामने आ गई। बड़ी-बड़ी आँखें होंगी जैसी पुखराजबाई की लड़की हसीना की हैं। इस घर में आएगी तो घर में उजाला छाया रहेगा। जिस कोठरी में बच्चे रखे जाते हैं, उसमें उसका सामान रहेगा। बच्चे दहलीज में रहेंगे। एक छप्पर डाल लेंगे, सब ऋतुओं के लिए आराम रहेगा।

एक दफ़ा भी बिल्लेसुर ने नहीं सोचा कि बकरी की लेंड़ियों की बदबू से ऐसी औरत एक दिन भी उस मकान में रह सकेगी।

सवेरे उठकर पड़ोस के गाँव में बजाज के यहाँ गए और कुत्ते का कपड़ा लिया, साफा खरीदा गुलाबी रंग का, धोती एक ली। दर्जी को कुर्ते की नाप दी। उसी दिन बना देने के लिए कहा। गाँव के चमार से जूते का जोड़ा ख़रीदा।

इधर यह सब कर रहे थे, उधर ताड़े रहे कि त्रिलोचन कहाँ है। तीसरे दिन त्रिलोचन घर से निकले। पहनावा और हाथ का डण्डा देखकर बिल्लेसुर समझ गए कि जा रहा है, बातचीत करके कल इन्हें ले जाएगा। चलने की दिशा देखकर अपने साधारण पहनावे से दूर-दूर रहकर, पीछा किया। त्रिलोचन बाबू पुरवा के सीधे कच्ची सड़क छोड़कर मुड़े। बिल्लेसुर दूर पुरवा के किनारे खड़े होकर देखने लगे कि त्रिलोचन दूसरे गाँव के लिए पुरवा से बाहर निकलते न दिखे, तब बिल्लेसुर को विश्वास हो गया कि यहीं है। वे भी गाँव के भीतर गए। निकास पर एक आदमी मिला। बिल्लेसुर ने पूछा, "यहाँ श्यामपुर के त्रिलोचन आए हैं?" आदमी ने कहा, "हाँ, वहाँ रामनारायण के यहाँ बैठा है, ठग कहीं का। दोनों एक से। किसी का गला नाप रहे होंगे।"

बिल्लेसुर का कलेजा धक् से हुआ। पूछा, "रामनारायण के लड़की-लड़के कुछ हैं?"

आदमी चौंककर बिल्लेसुर को देखने लगा, "तुम कहाँ रहते हो? तुम रामनारायण को नहीं जानते? उस साले के लड़की लड़के! पूछो, ब्याह भी हुआ है?"

आदमी इतना कहकर आगे बढ़ा। बिल्लेसुर को बड़ी कायली हुई। वे उसी तरफ़ मन्नी की ससुराल को चले। मन्नी की सास से मिले। भली-बुरी, सुख-दुख की बातें हुई। बिल्लेसुर ने ढाढ़स बंधाया। कहा ख़र्चा न हो तो आकर ले जाया करो। कहकर एक रुपया हाथ पर रख दिया। मन्नी अच्छी तरह हैं, कहा। उनकी लड़की की अच्छी सेवा होती है, मन्नी उसकी बड़ी देख-रेख रखते हैं। अब वह बहुत बड़ी हो गई है।

मन्नी की सास बहुत प्रसन्न हुई। रुपया उठा लिया और पूछा, घर बसा या नहीं। बिल्लेसुर ने जवाब दिया कि घर माँ-बाप के बसाए बसता है। मन्नी की सास ने कहा कि वे दस-पन्द्रह दिन में आएंगी, तब ब्याह की पक्की बातचीत करेंगी। बिल्लेसुर पैर छूकर विदा हुए।

13

त्रिलोचन दूसरे दिन आए, और कहा, "बिल्लेसुर, तैयार हो जाओ।"

बिल्लेसुर ने कहा, "मैं तो पहले से तैयार हो चुका हूँ।"

त्रिलोचन खुश होकर बोले, "तो अच्छी बात है, चलो।"

बिल्लेसुर ने कहा, "भैया, मन्नी की मौसिया सास की भतीजी की ससुराल में एक लड़की है, कल आए थे, बातचीत पक्की कर गए हैं, अब तो मुझे माफ़ी दीजिए।"

त्रिलोचन नाराज होकर बोले, "तो वह ब्याह जरूर गैतल होगा। वैसी ही लड़की होगी। हम शर्त बदकर कह सकते हैं।" मुस्कराकर बिल्लेसुर ने जवाब दिया, "और तुम्हारा दूध का धोया है? मन्नी की मौसिया सास की भतीजी की ससुराल की लड़की में दाग़ है, और तुम्हारी में, जिसके न बाप का पता, न माँ का, न गाँव का, न सम्बन्ध का, मखमल का झब्बा लगा है?"

"देखो, फिर पीछे पछताओगे।" त्रिलोचन बढ़कर बोले।

"पछताने का काम ही नहीं करते; बहुत समझकर चलते हैं, त्रिलोचन भैया।" बिल्लेसुर ने कड़ाई से जवाब दिया।

"अच्छा, चलकर जरा लड़की तो देख लो तुम्हें लड़की भी दिखा देंगे।"

"अब लड़की नहीं, लड़की की आजी तक को दिखाओ तो भी मैं नहीं जाऊँगा। जब घर में, अपने नातेदारों में लड़की है तब दूसरी जगह नहीं जाना चाहिए। यह तो धर्म छोड़ना है। गृहस्थ की लड़की का रूप नहीं देखा जाता, गुण देखा जाता है। कहते हैं, रूपवती लड़की बदचलन होती है।"

"तो यह तेरे लिए सावित्री आ रही है। देख ले, अगर गाँव के धिंगरों से पीछा छूटे।"

"यह सब हमें मालूम है। लेकिन घर का सामान लेकर भाग न जाएगी, देख लेना। जो मुसीबत पड़ेगी, झेलेगी। किसी का धर्म बिगाड़ने से नहीं बिगड़ता। गाँव में सबका हाल हमें मालूम है।"

"तू सबको दोष लगा रहा है।"

"मैं किसी को दोष नहीं लगा रहा, सच-सच कह रहा हूँ।"

"अच्छा बता, हमें क्या दोष लगा है, नहीं तो..."

"तुम चले जाओ यहाँ से, नहीं तो मैं चौकीदार के पास जाता हूँ।"

चौकीदार के नाम से त्रिलोचन चले। करुणा भरे क्रोध से घूम-घूमकर देखते जाते थे बिल्लेसुर अपना काम करने निकाले।

14

कातिक लगते मन्नी की सास आईं। कुछ भटकना पड़ा। पूछते-पूछते मकान मालूम कर लिया। बिल्लेसुर ने देखा, लपककर पैर छुए। मकान के भीतर ले गए। खटोला डाल दिया। उस पर एक टाट बिछाकर कहा, “अम्मा, बैठो।” खटोले पर बैठते हुए मन्नी की सास ने कहा, “और तुम खड़े रहोगे।” बिल्लेसुर ने कहा, “लड़कों को खड़ा ही रहना चाहिए। आपकी बेटी हैं तो क्या? जैसे बेटी, वैसे बेटा। मुझसे वे बड़ी ही हैं। आप तो फिर धर्म की माँ हैं। पैदा करनेवाली तो पाप की माँ कहलाती है, तुम बैठो, मैं अभी छन-भर में आया।”

बिल्लेसुर गाँव के बनिये के यहाँ गए। पाव-भर शक्कर ली। लौटकर बकरी के दूध में शक्कर मिलाकर लोटा भरकर खटोले के सिरहाने रखा। गिलास में पानी लेकर कहा, “लो अम्मा, कुल्ला कर डालो। हाथ-पैर धोने हों तो डोल में पानी रखा है, बैठे-बैठे गिलास से लेकर धो डालो।” कहकर दूधवाला लोटा उठा लिया। मन्नी की सास ने हाथ-पैर धोये। बिल्लेसुर लोटे से दूध डालने लगे, मन्नी की सास पीने लगीं। पीकर कहा, “बच्चा, मैं बकरी का दूध ही पीती हूँ। इससे बड़ा फ़ायदा है, कल रोगों की जड़ मर जाती है।”

शाम हो रही थी। आसमान साफ़ था। इमली के पेड़ पर चिड़ियाँ चहक रही थीं। बिल्लेसुर ने आसमान की ओर देखा, और कहा, “अभी समय है। अम्मा तुम बैठो। मैं अभी आता हूँ। बकरियों को देखे रहना, नहीं, भीतर से दरवाजा बन्द कर लो। आकर खोलवा लूँगा। यहाँ अम्मा, बकरियों के चोर बड़े लागन हैं।” बिल्लेसुर बाहर निकले। मन्नी की सास ने दरवाज़ा बन्द कर लिया।

सीधे खेत-खेत होकर रामगुलाम काछी की बाड़ी में पहुँचे। तब तक रामगुलाम बाड़ी में थे। बिल्लेसुर ने पूछा, “क्या है?” रामगुलाम ने कहा, “भाँटे हैं, करेले हैं, क्या चाहिए?” बिल्लेसुर ने कहा, “सेर-भर भाँटे दे दो। मुलायम-मुलायम देना।” रामगुलाम भाँटे उतारने लगा। बिल्लेसुर खड़े बैंगन के पेड़ों की हरियाली देखते रहे। एक-एक पेड ऐंठा खड़ा कह रहा था, ‘दुनिया में हम अपना

सानी नहीं रखते।' रामगुलाम ने पौटे उतारकर, तोलकर, मालवाला पलड़ा काफी झुका दिखाते हुए, बिल्लेसुर के अँगोछे में डाल दिए। बिल्लेसुर ने पहले अँगोछे में गाँठ मारी फिर टेंट से एक पैसा निकालकर हाथ बढ़ाये खड़े हुए रामगुलाम को दिया। रामगुलाम ने कहा, "एक और लाओ।" बिल्लेसुर मुस्कराकर बोले, "क्या गाँववालों से भी बाजार का भाव लोगे?" रामगुलाम ने कहा, "कौन रोज अंगोछा बढ़ाये रहते हो? आज मन चला होगा या कोई नातेदार आया होगा।" बिल्लेसुर ने कहा, "अच्छी बात है, कल ले लेना। इस वक्त नहीं है।" बिल्लेसुर की तरकारी खाने की इच्छा होती थी तो चने भिगो देते थे, फिर तेल-मसाले में तलकर रसेदार बना लेते थे। लौटते हुए मुरली कहार से कहा, "कल पहर-भर दिन चढ़ते हमें दो सेर सिंघाड़े दे जाना।" फिर घर आकर दरवाजा खोलवाया। दीया जलाकर बकरियों को दुहा। सवेरे की काटी पत्तियाँ डालीं और रसोई में रोटी बनाने गए। रोटी, दाल, भात, बैंगन की भाजी, आम का अचार, बकरी का गरम दूध और शक्कर परोसकर पाटा डालकर पानी रखकर सासजी से कहा, "अम्मा, चलो, भोजन कर लो।" मन्नी की सास शरमायी हुई उठीं, हाथ-पैर धोकर चौके में जाकर प्रेम से भोजन करने लगीं। खाते-खाते पूछा, "भैंस तो तुम्हारे है नहीं, लेकिन घी भैंस का जान पड़ता है।" बिल्लेसुर ने कहा, "गृहस्थी में भैंस का घी रखना ही पड़ता है, कोई आया-गया, अपने काम में बकरी का घी ही लाता हूँ।" मन्नी की सास ने छककर भोजन किया, हाथ-मुँह धोकर खटोले पर बैठीं। बिल्लेसुर ने इलायची, मसाले से निकालकर दी। फिर स्वयं भोजन करने गए। बहुत दिनों बाद तृप्ति से भोजन करके पड़ोस से एक चारपाई माँग लाए; डालकर, खटोले का टाट उठाकर अपनी चारपाई पर डाला और मन्नी की सास के लिए बंगाल से लाई रंगीन दरी बिछा दी, वहीं का गुरुआइन का पुरानी धोतियों को लपेटकर सीया तकिया लगा दिया। सासजी लेटीं। आँखें मूंदकर बिल्लेसुर की बकरियों की बात सोचने लगीं। जब बिल्लेसुर काछी के यहाँ गए थे, उन्होंने एक-एक बकरी को अच्छी तरह देखा था। गिनकर आश्चर्य प्रकट किया था। इतनी बकरियाँ और बच्चों से तीन भैंस पालने के इतना मुनाफ़ा हो सकता है, कुछ ज्यादा ही होगा।

बिल्लेसुर धैर्य के प्रतीक थे। मन में उठने पर भी उन्होंने विवाह की बातचीत के लिए कोई इशारा भी नहीं किया। सोचा, "आज थकी हैं, आराम कर लें कल अपने आप बातचीत छेड़ेंगी, नहीं तो यहाँ सिर्फ मुँह दिखाने थोड़े ही आई हैं?"

बिल्लेसुर पड़े थे। एकाएक सुना, खटोले से सिसकियाँ आ रही हैं। साँस रोककर पड़े सुनते रहे। सिसकियाँ धीरे-धीरे गूंजने लगीं, फिर रोने की साफ़ आवाज उठने लगी। बिल्लेसुर के देवता कूच कर गए कि खा-पीकर यह कारन करके रोना कैसा? जी धक् से हुआ कि विवाह नहीं लगा, इसकी यह अग्र-सूचना है। घबराकर पूछा, "क्यों अम्मा, रोती क्यों हो?" मन्नी की सास ने रोते हुए कहा, "न जाने किस देश में मेरी बिटिया को ले गए। जब से गए एक चिट्ठी भी न दी।

बिल्लेसुर ने समझाया, "अम्मा, रोओ नहीं। भाभी बड़े मजे में हैं। मन्नी भैया उनकी बड़ी सेवा करते हैं। मैं जहाँ गया था, मन्नी वहाँ से दूर हैं। हाल मिलते थे। लोग कहते थे, अच्छी नौकरी लग गई है। उनका सारा मन भाभी पर लगा है। अब भाभी उतनी ही बड़ी नहीं हैं। लोग कहते थे, बिल्लेसुर, अब दो-तीन साल में तुम्हारे भतीजा होगा।"

"राम करें, सुख से रहें। हमको तो धोखा दे गए बच्चे। हमारे और कौन था? जिस तरह दिन कटते हैं, हमारी आत्मा जानती है।" कहकर मन्नी की सास ने अघाकर साँस छोड़ी। बिल्लेसुर ने कहा, "जैसे मन्नी, वैसे मैं। तुम यहाँ रहो। खाने की यहाँ कोई तकलीफ़ नहीं। मुझे भी बनी बनायी दो रोटियाँ मिल जाएँगी।"

मन्नी की सास बहुत प्रसन्न हुई। कहा, "बच्चा फूलों-फलों, तुम्हारा तो आसरा ही है। अबके आई हूँ तो कुछ दिन रहकर जाऊँगी। तुम्हारा काम-काज यहाँ का देख लूँ। ब्याह एक लगा है, हो गया तो उसे तुम्हारी गृहस्थी समझा दूँ।"

"इससे अच्छी बात और क्या होगी।" बिल्लेसुर पौरुष में जगकर बोले।

मन्नी की सास ने कहा, "बच्चा, अब तक नहीं कहा था, सोचा था, जब काम से छुट्टी पा जाओगे, तब कहूँगी। ब्याह एक ठीक है। लड़की तुम्हारे लायक सयानी है। लेकिन हमारी बिटिया की तरह गोरी नहीं। भलेमानुस है। घर का काम-काज सँभाल लेगी। बताओ राजी हो?"

बिल्लेसुर भक्तिभाव से बोले, "आप जानें। आप राजी हैं तो मैं भी हूँ।"

मन्नी की सास प्रसन्न हुई। कहा, "ठीक है। कर लो। उसको भी तुम्हारे साथ तकलीफ़ न होगी। थोड़ी-सी मदद उसकी माँ की तुम्हें करती रहनी पड़ेगी। ब्याह से पहले, बहुत नहीं, तीस रुपये दे दो। ग़रीब है, कर्जदार है। फिर कुछ-कुछ देते रहना। उसके भी और कोई नहीं। मैं लड़की को तुम्हारे यहाँ ले आऊँगी। यहीं विवाह कर लो। बारात उसके यहाँ ले जाओगे तो कुल खर्चा देना पड़ेगा, इसमें

ज्यादा खर्चा बैठेगा। घर में अपने चार नातेदार बुलाकर ब्याह कर लोगे भले भले पार लग जाओगे।"

बिल्लेसुर को मालूम दिया, इस जबान में छल नहीं। कहा, "हाँ, बड़ी नेक सलाह है।"

मन्नी की सास कई रोज रहीं। बिल्लेसुर को बना-बनाया खाने को मिला। तीन-चार दिन में रंग बदल गया। उन्होंने आग्रह किया कि ब्याह तक वे यहीं रहें। मन्नी की सास ने भी स्वीकार कर लिया।

गाँव में बिल्लेसुर की चर्चा ने जोर मारा। एक दिन त्रिलोचन ने मन्नी की सास को घेरा और पूछा, "बताओ, ब्याह कहाँ रचा रही हो?"

"अपनी नातेदारी में।" मन्नी की सास ने कहा।

"वह कहाँ हैं?" त्रिलोचन ने पूछा।

"क्यों, क्या बिल्लेसुर तुम्हीं हो?" मन्नी की सास ने आँखें नचाकर पूछा फिर कहा, "बच्चे, मेरी निगाह साफ़ है, मुझे तींगुर नहीं लगता। अब तुम बताओ कि तुम बिल्लेसुर के कौन हो?"

बल्ली नहीं लगी। त्रिलोचन बहुत कटे। कहा, "अच्छी बात है, कौन हैं, यह ब्याह होने पर बतायेंगे जब उनका पानी बन्द होगा।"

"नातेदार-रिश्तेदार जिसके साथ हैं, उसका पानी परमात्मा नहीं बन्द कर सकते। अच्छा हमारे घर से बाहर निकलो और गाँव में पानी बंद करो चलकर।" त्रिलोचन खिसियाये हुए घर से बाहर निकल गए।

बड़े आनन्द से दिन कट रहे थे। बिल्लेसुर की शक्करकन्द खूब बैठी थी। कई रोज उन्होंने मन्नी की सास को शक्करकन्द भूनकर बकरी के दूध में खिलाया। मन्नी की सास मन्नी से जितना अप्रसन्न थीं, बिल्लेसुर से उतना ही प्रसन्न हुई। उन्होंने बिल्लेसुर के उजड़े बाग का एक-एक पेड़, शक्करकन्द के खेत की एक-एक लता देखी। उनके आ जाने से ताकने के लिए बिल्लेसुर रात को शक्करकन्द के खेत में रहने लगे। दो-एक दिन जंगली सुअर लगे; दो-तीन दिन कुछ-कुछ चोर खोद ले गए। अभी बीड़ी पीली नहीं पड़ी थी। नुकसान होता देखकर मन्नी की सास ने कुल शक्करकन्द खोद लाने की सलाह दी। बिल्लेसुर ने वैसा ही किया। उन्होंने घर में ढेर लगाकर देखा, इतनी शक्करकन्द हुई है कि सारा घर भर गया है। एक-एक शक्करकन्द जैसे लोढ़ा; मन्नी की सास ने मुस्कराते हुए कहा, "इससे तुम्हारा ब्याह

भी हो जाएगा और काफ़ी शक्करकन्द भी खाने को बच रहेगी।" शक्करकन्दों को विश्वास की दृष्टि से देखते हुए बिल्लेसुर ने कहा, "अम्मा, सब तुम्हारा आसिरवाद, नहीं तो मैं किस लायक हूँ?" सास ने साँस छोड़कर कहा, "मेरा बच्चा जीता होता तो अब तक तुम्हारे इतना हुआ होता। खेती-किसानी करता; मैं मारी-मारी न फिरती।" बिल्लेसुर ने उन्हें धीरज दिया, कहा, "हमीं तुम्हारे लड़के हैं। तुम कैसी भी चिन्ता न करो, मेरी जब तक साँस चलती है, मैं तुम्हारी सेवा करूँगा। जी न छोटा करो।" सास ने आँचल से आँसू पोंछे। बिल्लेसुर दूसरे गाँव की तरफ शक्करकन्दों का ख़रीदार लगाने चले। सोचा, बकरियों के लिए, लौटकर पत्ते काटूंगा। दूसरे दिन ख़रीदार आया और 20 की बिल्लेसुर ने शक्करकन्द बेची। सारे गाँव में तहलका मच गया। लोग सिहाने लगे। अगले साल सबने शक्करकन्द लगाने की ठानी।

15

कातिक की चाँदनी छिटक रही थी। गुलाबी जाड़ा पड़ रहा था। सवन-जाति की चिड़ियाँ कहीं से उड़कर जाड़े-भर इमली की फुनगी पर बसेरा लेने लगी थीं। उनका कलरव उत रहा था। बिल्लेसुर रात को चबूतरे की बुर्जी पर बैठे देखते थे, पहले शाम को आसमान में हिरनी-हिरन जहाँ दिखते थे, अब वहाँ नहीं हैं। बिल्लेसुर कहते थे, जब जहाँ चरने को चारा होता है, ये चले जाते हैं। शाम से ओस पड़ने लगी थी, इसलिए देर तक बाहर का बैठना बन्द होता जा रहा था। लोग जल्द-जल्द खा-पीकर लेट रहते थे। बिल्लेसुर घर आए। मन्नी की सास ने रोज़ की तरह रोटी तैयार कर रखी थी। इधर बिल्लेसुर कुछ दिनों से मन्नी की सास की पकाई रोटी खाते हुए चिकने हो चले थे। पैर धोकर चौके के भीतर गए। मन्नी की सास ने परोसकर थाली बढ़ा दी। सास को दिखाने के लिए बिल्लेसुर रोज अगरासन निकालते थे। भोजन करके उठते वक्त हाथ में ले लेते थे और रखकर हाथ-मुँह धोकर कुल्ले करके बकरी के बच्चे को खिला देते थे। अगरासन निकालने से पहले लोटे से पानी लेकर तीन ट्रे थाली के बाहर से चुवाते हुए घुमाते थे। अगरासन निकालकर टुनकियाँ देते हुए लोटा बजाते थे और आँखें बन्द कर लेते थे। वह कृत्य आज भी किया।

जब भोजन करने लगे तब सासजी बड़ी दीनता से खीसें काढ़कर बोली, “बच्चा, अब अगहन लगनेवाला है; कहो तो अब चलूँ।” फिर खाँसकर बोलीं, “वह काम भी तो देखना ही है।”

कौर निगलकर गंभीर होते हुए, मोटे गले से बिल्लेसुर ने कहा, “हाँ, वह काम तो देखना ही है।”

“वही कह रही थी, “कुछ आगे खिसककर सासजी ने कहा, “कुछ रुपये अभी दे दो, कुछ बाद को, ब्याह के दो-तीन रोज पहले दे देना।”

रुपये के नाम से बिल्लेसुर कुनमुनाये। लेकिन बिना रुपये ब्याह न होगा, यह समझते हुए एक पख लगाकर ब्याह पक्का करने लगे। कहा, "अभी तो अम्मा, किसी पण्डित से बिचरवाया भी नहीं गया, न बने तो?"

"बच्चे की बात," पूरे विश्वास से सिर उठकर मन्नी की सास ने कहा, "उसमें जब कोई दोख नहीं है, तब ब्याह बनेगा कैसे नहीं? बच्चे, वह पूरी गऊ है। और उसका ब्याह? वह अब तक होने को रहता? रामखेलावन आए परदेश से उल्टे पाँव लौट जाना चाहते थे, हाथ जोड़ने लगे चाची, ब्याह करा दो, जितना रुपया कहो देंगे। अच्छा भाई, लड़की की अम्मा को मनाकर कुण्डली लेकर बिचरवाने गए, फट से बन गया। लड़की की अम्मा को तीन सौ नगद दे रहे थे। पर सिस्टा की बात; लड़की की अम्मा ने कहा, मेरी बिटिया को परदेश ले जाएँगे, फिर कभी इधर झाँकेंगे नहीं; बिमारी-अरामी बूंद-भर पानी को तरसँगी; रुपये लेकर मैं क्या करूँगी? बना-बनाया ब्याह उखड़ गया। फिर चुकन्दरपुर के जमींदार रामनेवाज आए। उनसे भी ब्याह बन गया। जब फलदान चढ़ने का दिन आया तब लड़की की अम्मा को उनके गाँव के किसी पट्टीदार ने भड़काया कि रामनेवाज अपने बाप का है ही नहीं; बस ब्याह रुक गया। कितने ब्याह आए सब बन गए लेकिन कोई न हो पाया।"

बिल्लेसुर को निश्चय हो गया कि लड़की के खून में कोई ख़राबी नहीं। उन्होंने सन्तोष की साँस छोड़ी। मन्नी की सास का भावावेश तब तक मन्द न पड़ा था, बंगालिन की तरह चटककर बोलीं, "अब तुमसे कहती हूँ, हमारे अपने हो, सैकड़ों सच्ची-झूठी बातें न गढ़ती तो वह राँड़ तुम्हारे लिए राजी न होती।"

बिगड़कर बिल्लेसुर बोले, "तुम तो कहती थीं बड़ी भलेमानुस है?"

"कहने के लिए, बच्चा ए, भलेमानुस सबको कहते हैं; लेकिन कैसा भी भलामानुस हो, अपनी चित कौड़ी को पट होते देखता है? फिर वह दस बिस्वेवाली तुम्हारे यहाँ कैसे लड़की ब्याह देती? उसको समझाया कि दुरगादास के सुकुल हैं, परदेश कमा के आए हैं, कहो कि एक साथ गिन दें तो ऐसा न होगा, धीरे-धीरे देंगे। आखिर कहाँ जाती मान गई। तुमसे इसीलिए कहा 30 ब्याह से पहले दो, फिर धीरे-धीरे मदद करते रहो।" सासजी टकटकी बाँधे बिल्लेसुर को देखती रहीं। इतने कम पर राजी न होना मूर्खता है, समझकर बिल्लेसुर ने कहा, "अच्छा, कल कुण्डली और एक रुपया लेकर चलो, तीन-चार दिन में मैं पण्डित से आकर पूछेंगा कि कैसा बनता है।"

"एक दफ़े नहीं, बच्चा, दस दफ़े। लेकिन जब आना तब पन्द्रह रुपये लेते आना कम-से-कम।"

गंभीर होकर बिल्लेसुर उठे और हाथ-मुँह धोने लगे। मन को समझाती हुई सासजी भोजन करने बैठी। भोजन के बाद दोनों लेटे और अपनी-अपनी गुत्थी सुलझाते रहे। किसी ने किसी से बातचीत न की। फिर वे सो गए। पौ फटने से पहले जब आकाश में तारे थे, मन्नी की सास जगीं और बिल्लेसुर को जगाने के इरादे से ऊँचे स्वर में राम-राम जपने लगीं।

बिल्लेसुर उठकर बैठे और आँखें मलकर स्नेह सूचित करते हुए पूछा, "अम्मा, क्या सवेरे सवेरे निकल जाने का इरादा है?"

मन्नी की सास ने आँखों में आँसू भरे। कहा, "बच्चा, अब देर करना ठीक नहीं। पिछले पहर चलूँगी तो रात होगी, काम न होगा।"

बिल्लेसुर ने अँधेरे में टटोलकर सन्दूक में रखी कुण्डली निकाली और सासजी को देते हुए कहा, "देखियेगा, कहीं खो न जाए।"

"नहीं, बच्चा, खो क्या जाएगी?" कहकर सासजी ने आग्रह से कुण्डली ली। बिल्लेसुर ने झट से एक रुपया निकाला; सासजी के हाथ में रखकर पैर छुए कहा, "यह तुम्हें कुछ दे नहीं रहा हूँ।"

"क्या मैं कुछ कहती हूँ, बच्चा?" असन्तोष को दबाकर मन्नी की सास घर के बाहर निकली। रास्ते पर आकर एक साँस छोड़ी और अपने गाँव का रास्ता पकड़ा। अब तक सबेरा हो चुका था।

16

बिल्लेसुर ने इधर बड़ा काम किया। शक्करकन्दवाले खेत में मटर बो दिए। उधरवाले में चने बो चुके थे, जो अब तक बढ़ आए थे।

काम करते हुए रह-रहकर बिल्लेसुर को सास की याद आती रही; विवाह की बेल जैसे कलियाँ लेने लगी; काम करते-करते दुचित्ते होने लगे; साँस रुक-रुक जाने लगी, रोएँ खड़े होने लगे।

आख़िर चलने का दिन आया। बिल्लेसुर दूध दुहकर, एक हण्डी में मुस्का बाँध डा कर, दूध लेकर चलने के लिए तैयार हुए। रात के काटे पत्ते रखे थे, बकरियों के आगे डाल दिए। फिर पानी भरकर घर में स्नान किया। थोड़ी देर पूजा की। रोज पूजा करते रहे हों, यह बात नहीं। पूजा करते समय दरपन कई बार देखा, आँखें और भौंहें चढ़ाकर-उतारकर गाल फुलाकर-पिचकाकर होंठ फैलाकर-चढ़ाकर। चन्दन लगाकर एक दफ़ा फिर मुँह देखा। आँखें निकालकर देर तक देखते रहे कि चेचक के दाग कितने साफ़ दिखते हैं। फिर कुछ देर तक अशुद्ध गायत्री का जप करते रहे, मन में यह निश्चय लिये हुए कि काम पूरा हो जाएगा। फिर पुजापा समेटकर भीतर के एक ताक पर रखकर बासी रोटियाँ निकालीं। भोजन करके हाथ-मुँह धोया, कपड़े पहनने लगे। मोजे के नीचे तक उतारकर धोती पहनी फिर कुर्ता पहनकर चारपाई पर बैठे साफा बाँधने लगे। बाँधकर एक दफ़े फिर उसी तरह दरपन देखा और तरह-तरह की मुद्राएँ बनाते रहे। फिर जेब में छोटा-सा दरपन और गले में मैला अँगोछा और धुस्सा डालकर लाठी उठायी। जूते पहले के तेलवाये रखे थे, पहन लिये। दरवाजे से निकलकर मकान में ताला लगाया और दोनों नथनों में कौन चल रहा है, दबाकर देखकर, उसी जगह दायाँ पैर तीन दफ़े दे दे मारा, और दूधवाली हण्डी उठकर निगाह नीची किए गंभीरता से चले।

थोड़ी दूर पर भरा घड़ा मिला। बिल्लेसुर खुश हो गए। घड़े वाली सगुन को सोचकर मुस्कराई, कहा, "मेरी मिठाई कब ले आते हो?" काम निकलने के बादवाले आशय से सिर हिलाकर आश्वासन देते हुए बिल्लेसुर आगे बढ़े।

नाला मिला। किनारे रियें और बबूल के पेड़। खुरकी पकड़े चले जा रहे थे। बनियों के ताल के किनारे से गुजरे। देखकर कुछ बगुले इस किनारे से उस किनारे उड़ गए। बिल्लेसुर बढ़ते गए। शमशेर-गंज का बैरहना मिला। एक जगह कुछ खजूर और ताड़ के पेड़ दिखे। सामने खेत, हरियाली लहराती हुई। ओस और सूरज की किरनें पड़ रही थीं। आँखों पर तरह-तरह का रंग चढ़-उतर रहा था। दिल में गुदगुदी पैदा हो रही थी। पैर तेज उठ रहे थे। मालूम भी न हुआ कि हाथ में दूध से भरी भारी हण्डी है।

आम और महुए की कतारें कच्ची सड़क के किनारे पड़ी। जाड़े की सुहावनी सुनहली धूप छनकर आ रही थी। सारी दुनिया सोने की मालूम दी। ग़रीबीवाला रंग उड़ गया। छोटे-बड़े हर पेड़ पर पड़ा मौसम का असर उनमें भी आ गया। अनुकूल हवा से तने पाल की तरह अपने लक्ष्य पर चलते गए। इस व्यवसाय में उन्हें फ़ायदा-ही-फ़ायदा है, निश्चय बँधा रहा है। चारों ओर हरियाली। जितनी दूर निगाह जाती थी, हवा से लहराती हरी तरंगें ही दिखती थीं; उनके साथ दिल मिल जाता और उन्हीं की तरह लहराने लगता था।

आशा की सफलता जैसे, खेत और बगीचे के भीतर से गाँव की दीवारें दिखने लगीं। बिल्लेसुर उतावली से बढ़ते गए। गलियारे-गलियारे गाँव के भीतर पहुँचे। कुएँ की जगत के किनारे नहाने के लिए बनी पक्की चौकी पर बैठे एक वृद्ध सूर्य की ओर मुँह किए काँपते हुए माला जप रहे थे। कुछ आगे बढ़ने पर बढ़इयों का मकान मिला। गाड़ी के पहिये बनने की ठक-ठक दूर तक गूँज रही थी। कुछ आगे दर्जी की दूकान मिली। वहाँ बहुत से लोग इकट्ठे दिखे। तरह-तरह के रंगीन कपड़े सिलने को आए फैले हुए। दर्जी सिर गड़ाये तत्परता से मशीन चलाता हुआ। एक लड़का चौपाल की दूसरी तरफ बैठा भरी रजाई में टीके लगाता हुआ। दो आदमी नये कपड़े काटते और मशीन पर चढ़ाने के लिए टाँकते हुए। लोग गौर से रंगों की बहार देखते लाठी के सहारे खड़े गप लड़ाते तम्बाकू थूकते हुए। बिल्लेसुर तद्गतेन मनसा सासजी के मकान की ओर बड़े चले गए। एक कोलिया के भीतर सासजी का अधीगरा मकान था। दरवाजे खुले थे। आवाज देते हुए भीतर चले गए। सासजी इन्तजार कर रही थीं। देखकर मुस्कराती हुई उठीं। नज़र हण्डी पर थी। बिल्लेसुर ने गर्व से हण्डी रख दी और सासजी के पैर छुए। सासजी ने कुशल पूछी जैसे एक मुद्दत के बाद मुलाकात हुई हो, फिर बिछी चारपाई पर ले चलकर बैठाया और ग़ौर से बिल्लेसुर की ब्याहवाली उतावली की आँख देखती रहीं।

कुछ देर तक बिल्लेसुर बैठे गंभीर होते रहे; फिर आवाज में भारीपन लाकर भलेगृहस्थ की तरह पूछा, "ब्याह बिचरवा तो लिया गया होगा?"

सासजी के समन्दर पर जैसे तूफान आ गया। उद्वेल होकर तारीफ़ करने लगीं- किस तरह पण्डित के यहाँ गईं- पण्डित ने बिचारा आँखें चढ़ाकर कहा, 'साक्षात् लक्ष्मी है, घर पर पैर रखते ही घर भर देगी' विवाह बहुत बनता है, लड़की वैश्य वर्ण है और देव गण, बिल्लेसुर से कोई बैर नहीं पड़ता। साथ ही यह भी कहा कि कुल में ऊँचे हैं, इसलिए बिल्लेसुर यहाँ अपने को छंगे के नहीं तो दुर्गादासवाले जरूर कहें, नहीं तो उनको तौहीन होगी।

बिल्लेसुर की बाछें खिल गईं विनम्र पाव से कहा, "माँ-बाप का कहना सभी मानते हैं, जैसी आज्ञा होगी कहने में मुझे ऐतराज न होगा।"

सासजी ने तृप्ति की साँस छोड़ी। फिर बिल्लेसुर के पास एक पण्डित बुला लाई। पण्डित ने शीघ्र बोध के अनुसार बनते हुए ब्याह की प्रशंसा की। बिल्लेसुर श्रद्धापूर्वक मान गए। अगली लगन में ब्याह होना निश्चित हो गया, और सासजी की आज्ञा के अनुसार उन्हीं के यहाँ से ब्याह होने की बात तय रही। शाम को एक लड़की ले आई गई और दीये के उजाले में बिल्लेसुर ने उसे देखा। उन्हें विश्वास हो गया कि कहीं कोई कलंक नहीं। हाथ-पैर के अलावा उन्होंने उसका मुँह नहीं देखा। उसकी अम्मा से देर तक बातचीत करते रहे। उन्हें ढाढ़स देकर गाँव की राह ली। रुपये मन्नी की सास को दे आए।

17

बिल्लेसुर गाँव आए जैसे कोई किला तोड़ लिया हो। गरदन उठाये घूमने लगे। पहले लोगों ने सोचा, शक्करकन्द वाली मोटाई है; बाद को रोज़ खुला त्रिलोचन दाँत काटी रोटीवाले मित्र से मिले, वहाँ मालूम हुआ कि वह वही लड़की है, जिससे वह गाँठ जोड़ना चाहते थे। गाँव के रँडुओं और बिल्लेसुर से ज्यादा उम्रवाले क्वाँरों पर ब्याह का जैसे पाला पड़ा। त्रिलोचन ने बिल्लेसुर के ख़िलाफ़ जलीकटी सुनाते हुए गरमी पहुँचायी; कहा, "ब्राह्मण है। बाप का पता नहीं। किसी भलेमानुस को पानी पिलाने लायक न रहेगा।" लोगों को दिलजमई हुई।

गाँव के बाजदार डोम और परजा बिल्लेसुर को आ-आकर घेरने लगे, खुशामद की चार बातें सुनाते हुए कि घर की सूरत बदली, चिराग़ रौशन हुआ, साल-भर में बाप-दादे का नाम भी जग जाएगा, पहले सूने दरवाजे से साँस लेकर निकल जाते थे, अब अड़े रहेंगे, कुछ लेकर टलेंगे। बिल्लेसुर को ऐसी गुदगुदी होती थी कि झुर्रियों में मुस्करा देते थे। सोचते थे, परजे नाक के बाल बन गए। पतले हाल की परवा न कर चढ़कर ब्याह करने की ठानी; लोग-हँसाई से डरे। परजे ऐसा मौका छोड़कर कहाँ जाएँगे, सोचा इन्हें कुछ लिया-दिया न गया तो रास्ता चलना दूभर कर देंगे, बाप-दादों से बँधी मेड़ कट जाएगी। भरोसा हुआ कि ब्याह का ख़र्च निबाह लेंगे।

नाई रोज़ तेल लगाने और बाल बनाने की पूछने लगा। कहार एक रोज़ अपने आप आकर दो घड़े पानी भर गया। बेहना बत्ती बनाने के लिए रुई की चार पिंडियाँ दे गया। चमार आकर पूछ गया, ब्याह के जोड़े नरी के बनाये या मामूली। चौकीदार पासी रोज़ आधी रात को हाँक लगाता हुआ समझा जाने लगा कि पूरी रखवाली कर रहा है। गंगावासी एक दिन दो जोड़े जनेऊ दे गया। एक दिन भट्टजी आए और सीता स्वयंवर के कुछ कवित्त और भूषण की अमृत ध्वनि सुना गए। गर्ज यह कि इस समय कोई नहीं चूका।

बिल्लेसुर का पासा पड़ा। जमींदार ने उनकी देहली पर पैर रखा। सारा गाँव टूट पड़ा। जमींदार गए थे, ब्याह हो रहा है, कम से कम दो रुपये बिल्लेसुर नज़र देंगे, फिर मदद के लिए पूछेंगे, कुछ इस तरह वसूल हो जाएगा। जैसे कानपुर से आटा-शक्कर मँगवायेंगे तो बैल-गाड़ी के किराये के अलावा कुछ काट-कपट करा ही ली जा सकेगी। त्रिलोचन भी जमींदार के साथ थे, सोचा था, उनके पीछे पूरी ताकत खर्च कर देंगे, कुछ हाथ लग ही जाएगा। त्रिलोचन को देखकर बिल्लेसुर ने निगाह बदली। जब भी त्रिलोचन तथा दूसरों ने जमींदार के समन्दर पर बरसने के लिए बिल्लेसुर को बहुत समझाया- 'रिक्तपाणिर्न पश्येत राजानं देवतां गुरुम्' फिर भी बिल्लेसुर अपनी जगह से हिले नहीं, जमींदार के सम्मान में बैठे दाँतों में तिनके-सा लिये रहे। कुछ देर बाद जमींदार मन मारकर उठ गए त्रिलोचन पीछे लगे रहे। आगे बढ़कर अच्छी तरह कान भर दिए कि हुक्म-भर की देर है। गाँव में दूसरे दिन से बिल्लेसुर की इज्जत चौगुनी हो गई। जमींदार के घर जाने का मतलब लोगों ने लगाया बिल्लेसुर के हाथ कारूँ का खजाना लगा है। तरह-तरह की मन-गढ़न्ते फैलीं। किसी ने कहा, 'सोने की ईंटें लाया है, किसी से बतलाता नहीं, छिपा जोगी है, दो साल में देखो, गाँव खरीदेगा।' किसी ने कहा, 'महाराज के यहाँ से जवाहरात चुरा लाया है; लेकिन घर में नहीं रखे, बाहर कहीं घूरे में या पेड़-तले गाड़ दिए हैं, ताकि चोरों के हाथ न लगें।' ऐसी बातचीत जितनी बड़ी बिल्लेसुर के सामने लोगों की आँख उतनी ही झुकती गई। दूसरे गाँव के लोग भी दरवाजे से निकलते हुए बिल्लेसुर को पूछने लगे।

एक दिन नाई को बुलाकर बिल्लेसुर ने कहा, "मन्नी की ससुराल गोवर्द्धनपुर जाओ और कह आओ, ब्याह बरात ले जाकर करेंगे। लड़की को मन्नी की सास बुला लें। उन्हीं के घर में खम गड़ेगा। बाकी यहाँ आकर समझ जाएँ।

नाई कह आया। फिर नातेदारों के यहाँ न्योता पहुँचाने चला एक गाँठ हल्दी एक सुपाड़ी और तेल-मायन-ब्याह के दिन जबानी। जितने मान्य थे। दोनों जगहों की विदाई की सोचकर मडलाने लगे।

बिल्लेसुर के बड़प्पन की बात के पर बढ़ चुके थे। वे अवसर नहीं चूके। दूसरे गाँव में गाड़ी माँगी। व्यवहार रखे रहने के लिए मालिक ने गाड़ी दे दी। बिल्लेसुर चक्की से गेहूँ पिसा लाए। गाँव की निठल्ली बेवाओं से दाल दरा ली। मलखान तेली को कानपुर से शक्कर ले आने के लिए कहा। बाकी कपड़ा और सामान गाँव के जुलाहे काछी तेली तम्बोली डोम और चमारों से तैयार करा लिया। घर के लिए चिन्ता थी कि बकरियों में नातेदारों की गुज़र न होगी, वह भी दूर हो

गई; सामने रहनेवाली चौधरी की बेवा ने एक कोठरी अपने लिए रखकर बाकी घर छोड़ देने का पूरी उत्सुकता से वचन दिया- बिल्लेसुर की खुली किस्मत से उन्होंने भी शिरकत की। नातेदार आने लगे कुल-के-कुल बिल्लेसुर के पिता के मान्य यानी रुपये लेनेवाले। चौधरी के मकान में डेरा डलवाया गया तो चौकन्ने हुए। बकरियों का हाल मालूम कर खिंचे, फिर अलग रहने के कारण से खुश होकर बाहर-ही-बाहर बरतौनी और काट जाने की सोचकर बाजी-सी मार बैठे।

अपने लिए ब्याह के कुल गहने कपड़ा, मोहनमाला, बजुल्ला; पहुँची, अँगूठी बिल्लेसुर मँगनी माँग लाए। मुरली महाजन को देने में कोई ऐतराज नहीं हुआ। वह भी बिल्लेसुर का माहात्म्य सुन चुका था। चढ़ाव का कुल जेवर बिल्लेसुर ने चोरों से खरीदा रुपये में नकद दो आने कीमत चुकाकर। फिर साफ़ कराकर पटवे से गुहा लिये; कड़े-छड़े पायजेबें रहने दीं।

तेल के दिन डोमों के निकट वाद्य से गाँव गूंज उठा। बिल्लेसुर के अदृश्य वैभव का सब पर प्रभाव पड़ा। पड़ोस के जमींदार ठाकुर तहसील से लौटते हुए दरवाजे से निकले। बिल्लेसुर को देखकर प्रणाम किया। कारूँ के खजाने की सोचकर कहा, “लोगों की आँख देखकर हम कुल भेद मालूम कर लेते हैं। ब्याह करने जा रहे हो, हमारा घोड़ा चाहो तो ले जाओ।” बिल्लेसुर ने राज़ दबाकर कहा, “हम गरीब ब्राह्मण, ब्राह्मण की तरह जाएँगे। आप हमारे राजा हैं, सबकुछ दे सकते हैं।” ठाकुर साहब यह सोचकर मुस्कराए कि खुलना नहीं चाहता, फिर प्रणाम कर विदा हुए।

मातृ-पूजन के दूसरे दिन बरात चली। कुआँ पूजा गया। दूध बिल्लेसुर की एक चाची ने पिलाया। पैर लटकाए देर तक कुएँ की जगत पर अड़ी बैठी रहीं। पूछने पर कहा, “हम सोने की ईंट लेंगे।” बिल्लेसुर समझकर मुस्कराए। गाँववालों ने कहा, “बुरा नहीं कहा, आखिर और किस दिन के लिए जोड़कर रखी गई है? बिल्लेसुर ने कहा, “चाची, यहाँ तो निहात्था हूँ। पैर निकालो लौटकर तुम्हें ईंट ही दूँगा।” चाची खुश हो गईं। गाँववालों के मुँह पर हवाइयाँ उड़ने लगीं। उन्हें पूरा विश्वास हो गया कि बिल्लेसुर के पास सोने की पचासों ईंटें हैं।

बरात निकली। अगवानी, द्वारचार, ब्याह, भात, छोटा-बड़ा आहार, बरतौनी, चतुर्थी, कुल अनुष्ठान पूरे किए गए। वहाँ इन्हीं का इन्तजाम था। मान्य कुल मिलाकर पाँच। बाकी कहार, बाजदार भैयाचार। चार दिन के बाद दूल्हन लेकर बिल्लेसुर घर लौटे। फिर अपने धनी होने का राज़ जीते-जी न खुलने दिया।

LIST OF TITLES WITH ISBN NO.

ISBN	TITLE
9788194914129	1984
9789390575220	1984 & Animal Farm (2In1)
9789390575572	1984 & Animal Farm (2In1): The International Best-Selling Classics
9789390575848	35 Sonnets
9789390575329	A Clergyman's Daughter
9789390575923	A Study In Scarlet
9789390896097	A Tale Of Two Cities
9789390896837	Abide in Christ
9789390896202	Abraham Lincoln
9789390896912	Absolute Surrender
9789390896608	African American Classic Collection
9789390575305	Aldous Huxley: The Collected Works
9789390896141	An Autobiography of M. K. Gandhi
9789390575886	Animal Farm
9789390575619	Animal Farm & The Great Gatsby (2In1)
9789390575626	Animal Farm & We
9789390896158	Anna Karenina
9789390575534	Antic Hay
9789390896165	Antony & Cleopatra
9789390896172	As I Lay Dying
9789390896226	As You like it
9789390575671	At Your Command
9789390575350	Awakened Imagination
9789390575114	Be What You Wish
9789390896233	Believe In yourself
9789390896998	Best of Charles Darwin: The Origin of Species & Autobiography
9789390896684	Best Of Horror : Dracula And Frankenstein
9789390575503	Best Of Mark Twain (The Adventures of Tom Sawyer AND The Adventures of Huckleberry Finn)
9789390896769	Black History Collection
9789390575756	Brave New World, Animal Farm & 1984 (3in1)

9789390896240	Brother Karamzov
9789390575053	Bulleh Shah Poetry
9789390575725	Burmese Days
9789390896257	Bushido
9789390896066	Can't Hurt Me
9788194914112	Chanakya Neeti: With The Complete Sutras
9789390896042	Crime and Punishment
9789390575527	Crome Yellow
9789390575046	Down and Out in Paris and London
9789390896844	Dracula
9789390575442	Emersons Essays: The Complete First & Second Series (Self-Reliance & Other Essays)
9789390575749	Emma
9789390575817	Essential Tozer Collection - The Pursuit of God & The Purpose of Man
9789390896578	Fascism What It Is and How to Fight It
9789390575688	Feeling is the Secret
9789390575190	Five Lessons
9789390575954	Frankenstein
9789390575237	Franz Kafka: Collected Works
9789390575282	Franz Kafka: Short Stories
9789390575060	George Orwell Collected Works
9789390575077	George Orwell Essays
9789390575213	George Orwell Poems
9788194914150	Greatest Poetry Ever Written Vol 1
9788194914143	Greatest Poetry Ever Written Vol 1
9789390896301	Gulliver's Travel
9789390575961	Gunaho Ka Devta
9789390575893	H. P. Lovecraft Selected Stories Vol 1
9789390575978	H. P. Lovecraft Selected Stories Vol 2
9789390896059	Hamlet
9789390575022	His Last Bow: Some Reminiscences of Sherlock Holmes
9789390896134	History of Western Philosophy
9789390575121	Homage To Catalonia

9789390896219	How to develop self-confidence and Improve public Speaking
9789390896295	How to enjoy your life and your Job
9789390575633	How to own your own mind
9789390896318	How to read Human Nature
9789390896325	How to sell your way through the life
9789390896370	How to use the laws of mind
9789390896387	How to use the power of prayer
9789390896028	How to win friends & Influence People
9788194824176	How To Win Friends and Influence People
9789390896103	Humility The Beauty of Holiness
9789390896653	Imperialism the Highest Stage of Capitalism
9789390575084	In Our Time
9789390575169	In Our Time & Three Stories and Ten poems
9789390575145	James Allen: The Collected Works
9789390896189	Jesus Himself
9789390575480	Jo's Boys
9789390896394	Julius Caesar
9789390575404	Keep the Aspidistra Flying
9789390896400	Kidnapped
9789390896424	King Lear
9789390575824	Lady Susan
9789390896455	Law of Success
9789390896264	Lincoln The Unknown
9789390575565	Little Men
9789390575640	Little Women
9788194914174	Lost Horizon
9789390896462	Macbeth
9789390896929	Man Eaters of Kumaon
9789390896523	Man The Dwelling Place of God
9789390896349	Man The Dwelling Place of God
9789390575909	Mansfield Park
9788194914136	Manto Ki 25 Sarvshreshth Kahaniya
9789390896509	Marxism, Anarchism, Communism
9789390575664	Mathematical Principles of Natural Philosophy

9788194914198	Meditations
9789390575800	Mein Kampf
9789390575794	Memory How To Develop, Train, And Use It
9789390896486	Mind Power
9789390896585	Money
9789390575039	Mortal Coils
9789390575770	My Life and Work
9789390896035	Narrative of the Life of Frederick Douglass
9789390575152	Neville Goddard: The Collected Works
9789390575985	Northanger Abbey
9789390896530	Notes From Underground
9789390896547	Oliver Twist
9789390575459	On War
9789390575541	One, None and a Hundred Thousand
9789390896554	Othelo
9789390575435	Out Of This World
9789390575015	Persuasion
9789390575510	Prayer The Art Of Believing
9789390575091	Pride and Prejudice
9789390896561	Psychic Perception
9789390575381	Rabindranath Tagore - 5 Best Short Stories Vol 2
9789390575367	Rabindranath Tagore - Short Stories (Masters Collections Including The Childs Return)
9789390575374	Rabindranath Tagore 5 Best Short Stories Vol 1 (Including The Childs Return
9789390896622	Romeo & Juliet
9789390896127	Sanatana Dharma
9789390575596	Seedtime & Harvest
9789390896639	Selected Stories of Guy De Maupassant
9789390575206	Self-Reliance & Other Essays
9789390575176	Sense and Sensibility
9789390575299	Shyamchi Aai
9789390896738	Socialism Utopian and Scientific
9789390896646	Success Through a Positive Mental Attitude
9789390575428	The Adventures of Huckleberry Finn

9789390575183	The Adventures of Sherlock Holmes
9789390575343	The Adventures of Tom Sawyer
9789390896691	The Alchemy Of Happiness
9789390575862	The Art Of Public Speaking
9789390896288	The Autobiography Of Charles Darwin
9788194914181	The Best of Franz Kafka: The Metamorphosis & The Trial
9789390575008	The Call Of Cthulhu and Other Weird Tales
9789390575107	The Case-Book of Sherlock Holmes
9789390896110	The Castle Of Otranto
9789390896745	The Communist Manifesto
9789390575589	The Complete Fiction of H. P. Lovecraft
9789390575497	The Complete Works of Florence Scovel Shinn
9789390896820	The Conquest of Breard
9789390896813	The Diary of a Young Girl
9789390896332	The Diary of a Young Girl The Definitive Edition of the Worlds Most Famous Diary
9789390575701	The Great Gatsby, Animal Farm & 1984 (3In1)
9789390575312	The Greatest Works Of George Orwell (5 Books) Including 1984 & Non-Fiction
9789390575992	The Hound of Baskervilles
9789390896707	The Idiot
9789390896714	The Invisible Man
9789390575657	The Knowledge of the holy
9789390575558	The Law & the Promise
9789390896721	The Law Of Attraction
9789390896776	The Leader in you
9789390896363	The Life of Christ
9789390896196	The Man-Eating Leopard of Rudraprayag
9789390896783	The Master Key to Riches
9789390575268	The Memoirs Of Sherlock Holmes
9789390896479	The Midsummer Night's Dream
9789390575466	The Mill On The Floss
9789390896790	The Miracles of your mind
9789390896660	The Mutual Aid A Factor in Evolution
9789390896448	The Origin of Species

9789390896905	The Peter Kropotkin Anthology The Conquest of Bread & Mutual Aid A Factor of Evolution
9789390896806	The Picture of Dorian Gray
9789390896271	The Picture of Dorian Gray
9789390575275	The Power Of Awareness
9789390896356	The Power of Concentration
9788194824169	The Power of Positive Thinking
9789390575411	The Power of the Spoken Word
9788194914105	The Power Of Your Subconscious Mind
9789390896899	The Power of Your Subconscious Mind
9789390896417	The Principles of Communism
9789390575787	The Psychology Of Mans Possible Evolution
9789390896615	The Psychology of Salesmanship
9789390575732	The Pursuit of God
9789390575398	The Pursuit of Happiness
9789390896851	The Quick and Easy Way to effective Speaking
9789390575947	The Return Of Sherlock Holmes
9789390575138	The Road To Wigan Pier
9789390896981	The Root of the Righteous
9789390575855	The Science Of Being Well
9788194914167	The Science Of Getting Rich, The Science Of Being Great & The Science Of Being Well (3In1)
9789390896011	The Screwtape Letters
9789390896073	The Screwtape Letters
9789390575336	The Secret Door to Success
9789390575695	The Secret Of Imagining
9789390896868	The Secret Of Success
9789390896431	The Seven Last Words
9789390575930	The Sign of the Four
9789390896004	The Sonnets
9789390896516	The Souls of Black Folk
9789390896875	The Sound and The Fury
9789390575244	The State and Revolution
9789390896882	The Story of My Life
9789390896936	The Story Of Oriental Philosophy

9789390896752	The Strange Case of Dr. Jekyll and Mr. Hyde
9789390896943	The Tempest
9789390575916	The Valley Of Fear
9789390575879	The Wind in the willows
9789390896080	The Wind in the willows
9789390575763	Their eyes were watching gofd
9789390575831	Three Stories
9789390896950	Twelfth Night
9789390896592	Twelve Years a Slave
9789390896677	Up from Slavery
9789390896974	Value Price and Profit
9789390896967	Wake Up and Live
9789390896493	With Christ in the School of Prayer
9789390575602	Your Faith is Your Fortune
9789390575473	Your Infinite Power To Be Rich
9789390575251	Your Word is Your Wand
9789390575718	Youth
9789391316099	A Christmas Carol
9789391316105	A Doll's House
9789391316501	A Passage to India
9789391316709	A Portrait of the Artist as a Young Man
9789391316112	A Tale of Two Cities
9789391316747	A Tear and a Smile
9789391316167	Agnes Gray
9789391316174	Alice's Adventures in Wonderland
9789391316136	Anandamath
9789391316181	Anne Of Green Gables
9789391316754	Anthem
9789391316198	Around The World in 80 Days
9789391316013	As A Man Thinketh
9789391316242	Autobiography of a Yogi
9789391316266	Beyond Good and Evil
9789391316761	Bleak House
9789391316778	Chitra, a Play in One Act
9789391316310	David Copperfield

9789391316075	Demian
9789391316785	Dubliners
9789391316051	Favourite Tales from the Arabian Nights
9789391316235	Gitanjali
9789391316068	Gravity
9789391316150	Great Speeches of Abraham Lincoln
9789391316662	Guerilla Warfare
9789391316839	Kim
9789391316822	Mother
9789391316211	My Childhood
9789391316846	Nationalism
9789391316327	Oliver Twist
9789391316853	Pygmalion
9789391316334	Relativity: The Special and the General Theory
9789391316389	Scientific Healing Affirmation
9789391316341	Sons and Lovers
9789391316587	Tales from India
9789391316372	Tess of The D'Urbervilles
9789391316396	The Awakening and Selected Stories
9789391316402	The Bhagvad Gita
9789391316303	The Book of Enoch
9789391316228	The Canterville Ghost
9789391316907	The Dynamic Laws of Prosperity
9789391316006	The Great Gatsby
9789391316860	The Hungry Stones and Other Stories
9789391316433	The Idiot
9789391316440	The Importance of Being Earnest
9789391316297	The Light of Asia
9789391316914	The Madman His Parables and Poems
9789391316457	The Odyssey
9789391316921	The Picture of Dorian Gray
9789391316464	The Prince
9789391316938	The Prophet
9789391316945	The Republic
9789391316518	The Scarlet Letter

9789391316143	The Seven Laws of Teaching
9789391316525	The Story of My Experiments with Truth
9789391316532	The Tales of the Mother Goose
9789391316549	The Thirty Nine Steps
9789391316594	The Time Machine
9789391316600	The Turn of the Screw
9789391316983	The Upanishads
9789391316617	The Yellow Wallpaper
9789391316426	The Yoga Sutras of Patanjali
9789391316990	Ulysses
9789391316624	Utopia
9789391316679	Vanity Fair
9789391316020	What Is To Be Done
9789391316686	Within A Budding Grove
9789391316693	Women in Love